ハヤカワ・ミステリ文庫

〈HM㊴-12〉

三時間の導線

〔下〕

アンデシュ・ルースルンド

清水由貴子・喜多代恵理子訳

早川書房

8670

TRE TIMMAR
by
Anders Roslund

Translated by
Yukiko Shimizu & Eriko Kitadai
First published 2021 in Japan by
HAYAKAWA PUBLISHING, INC.
This book is published in Japan by
arrangement with
SALOMONSSON AGENCY
through JAPAN UNI AGENCY, INC., TOKYO.

ノルウェー
アーランダ空港
ストックホルム
スウェーデン
デンマーク
コペンハーゲン
グダニスク
ポーランド
ドイツ
フランス
イタリア
サレルノ
チュニス
マルタ
アルジェ
ランペドゥーサ島
チュニジア
トリポリ
ザルジス
ズワーラ
サブラタ
アルジェリア
リビア
マリ
ニジェール
アガデス
フィリンゲ
セネガル
ニアメ
ブルキナファソ
トーゴ
ベナン
N
W
E
S

→至　リディンゲ橋
ヴァータハムネン港
リディンゲ島
テーゲルウッド通り
エーレグルンド通り
ヤーデット
ヴァルハラ通り
エステルマルム
エステルマルム広場
・グスタフ・アドルフ広場
・外務省
ユールゴーデン
ガムラスタン
(旧市街)
ストックホルム詳細図
→至　グスタフスベリ

N
W
E
S
↑至　ソルナ
カロリンスカ
大学病院
ヴァーナディース通り
ヴァーナディースルンデン公園
スヴェア通り
ヴァーサスタン
ノル
聖クララ教
聖ヨーラン病院
クングスホルメン
クロノベリ地区
ベリィ通り
警察本部
ストックホルム
中央駅
ヴェステル橋
セーデルマルム
ホルン通り
リング通り
ストックホルム南病
至　エンシェーデ↓

三時間の導線

〔下〕

登場人物

エーヴェルト・グレーンス……………ストックホルム市警警部
スヴェン・スンドクヴィスト
マリアナ・ヘルマンソン …………同警部補
ルードヴィッグ・エルフォシュ…………法医学者
ラウラ………………………………………ストックホルム南病院の解剖技術者
トール・ディクソン………………………スウェーデン外務省の職員

ピート・ホフマン・コズロウ……………潜入捜査員
フランク……………………………………民間警備会社の社員
オマール
デリラ ……………………………………密航組織のリーダー
ユルゲン・クラウゼ………………………密航組織の大物
アリソン
イドリス ……………………………………密航者
ソフィア……………………………………ピートの妻。難民の子どもたちの教師
ヒューゴー…………………………………ピートとソフィアの長男
ラスムス……………………………………ヒューゴーの弟
アマドゥ……………………………………ソフィアの生徒

第四部（承前）

外務省に並ぶ高窓には、数えるほどしか明かりが灯っていなかった。美しくて壮大で、なおかつ豪華な建物。かつては王女の住まう宮殿だった建築物は、二百年以上前に建てられ、いまだに権力を放っている。厳粛。安定。厳格。グレーンスの疲弊《ひへい》した頭に、そうした言葉がぐるぐるまわっていた。

グスタフ・アドルフ広場の、馬上で前方を指し示す王の青緑色の銅像の近くで足を止める。上質紙に青い盾《たて》と三つの金の王冠が印刷された名刺は捨てずに持っていた——財布に入れたときのまま、同じ日にもらったもう一枚の見劣りする名刺といっしょにしまってある。タクシー運転手のフレデリックが、名前と電話番号を鉛筆で書いたナプキンといっしょに。

グレーンスは高級なほうの名刺をふたたび手にすると、浮き彫りにされた文字を指先でなぞり、三十分前にかけた番号にもう一度電話をかけた。

「グレーンス警部だ。外にいる」

「いま行きます。私のオフィスで話しましょう。静かで、通りの向こうのバーや、遅くまでやっているドロットニング通りのカフェよりもはるかに人目につかない」

トール・ディクソンは、スウェーデンの首都においても、ニジェールにいたときのようにコスモポリタンの雰囲気を醸《かも》し出していた。灰色の目はあいかわらず鋭く明敏で、同じ色の髪は整えたばかりには見えないものの、完璧なウェーブがかかっている。スリムな身体は、また別のスーツ――ほんの少し暗い色――に包まれていたが、明らかに趣味のいい高級な仕立てだった。

スウェーデンの政治的中心地の入口で握手を交わしたふたりは、空港から乗りあわせたタクシーや、エアコンのきいたホテルのロビーで少しばかり話しただけでなく、何度も顔を合わせているかのようだった。グレーンスには、そうした経験に覚えがあった――他の場所、他の現実で会ったときの印象が強いために、無意識に相手を求めているような錯覚に陥るのだ。

石造りの階段は足音が響き、段はすり切れてすべりやすかった。ふたりは四階まで上り、人けのない廊下を進んで、開けっ放しのドアから外交官のオフィスに入った。

「座ってください。飲み物を用意しましょう。ミネラルウォーターにしますか？　それともウイスキー？」

「コーヒーを」

「この時間に？　今夜は眠らないつもりですか、グレーンスさん？」

「コーヒーを飲めば眠れる。目を覚ましてくれるのもコーヒーだ」

「わかりました、コーヒーですね」

ディクソンは電気ポットと磁器のカップが置かれたサイドボードのところへ行き、その間にグレーンスは部屋を見まわした。建物全体と同じく、オフィスにも厳格な空気が漂っていた。古い時代の重厚な家具。大きなシェードが内側の電球を覆《おお》い隠した、非実用的なランプ。壁には同じ画家の作品とおぼしき絵が何枚も飾られ、デスクの後ろには、美しい額に入ったドキュメンタリータッチの写真が二枚掛けられていた。どこかの砂利道を走る白い大きなバスの写真。顔を近づけると、バスの屋根に赤十字のマークが見えた。

「母です」

トール・ディクソンは、グレーンスが部屋で唯一の個人的なものに関心を示しているのに気づいた。前任者から引き継いでいないのは、それだけだ。

「母はその白いバスに救出されました（ナチスの強制収容所の収容者を中立国のスウェーデンへ救出するために、一九四五年春にスウェーデン赤十字社とデンマーク政府により実施された計画）。一九四五年の四月に。ノルウェー人で、五年間、戦争捕虜として過ごしたんです。そしてスウェーデンに来て、その十四年後に私が生まれたというわけです。よくそこに立って、眺めています。その白黒写真に入りこんで、母がそこの座席に座っている姿を想像するんです。じつにすばらしい仕事だったと思いませんか。実際、その白いバスは慈善援助組織による献身的な活動でした。人の命を救ったのですから。母の命を。私がここで働いているのも、それが理由かもしれません。まさに天職です」

　やや低めのテーブルに置かれた銀のトレーの上で、コーヒーがすばらしい香りを漂わせる。警部は赤と金の縞模様《しまもよう》のソファーに腰を下ろした――城に置かれていてもおかしくない、つややかな生地。自身のくたびれたコーデュロイのソファーとは大違いだ。

「とつぜんの連絡にもかかわらず、時間を取ってもらってすまない」

「言ったでしょう。コーヒーが飲みたくなったら、いつでも電話してくださいと。ニアメにいるあいだは、という意味でしたが、もちろんいまでも有効ですよ」

　グレーンスはコーヒーに口をつけ――味もすばらしかった――窓の外の、まだそれほど暗くない夏の夜空を示した。

「ずいぶん遅くまで残業してるんだな」

「よくあることです。数時間前にアーランダに着いたんですが、正直なところ、家に帰る気になれなくて。待っている人もいませんし。だから、ここにいたほうがいいんです。仕事以外には、警部さん、それほど有意義なものは見当たりませんよ」

エーヴェルトはうなずいた。

まったくと言っていいほど同じ状況だった。「似た者どうしというわけか」

誰もいないアパートメントがどれだけ広く感じるか、自分の身体に合うように選んだはずのベッドでくつろげないのが、どれほど妙な感じかはよくわかった——小さすぎて、やわらかすぎて、窮屈すぎて、警察本部のつまらないオフィスにある、汚くて古びたコーデュロイのソファーでは、赤ん坊のようにすやすや眠れるというのに。

「あんたがこれをくれたのは、コーヒーを飲みたくなったときのためだったが、困ったときのためでもあった」

その夜、警部は三たび高級な名刺を手に取った。

「いま、困っている。あんたの手を借りたい」

グレーンスは、あたかも何かのチケットか、借金の返済を迫る借用書のように、名刺をコーヒーテーブルに置いた。そして、七十三名の死亡した難民の出身地域を担当する役人に対して、言葉を選んで捜査の状況を説明した——部外者であっても、自分も関わっていると感じれば、いっそう時間や力を注ぐ気になる。そのことをグレーンスは、これまでの経験で学んだ。すると案の定、眉をひそめていても上品な顔は、悲しみと怒りが同じだけ混ざった表情になった。

「なんと……はらわたが煮えくりかえるようだ。私は何をすればいいですか？　なんでも言ってください。全面的に協力します」

遺体安置所に捨て置かれた遺体については、どこまで話していいのかわからなかった。現時点では、詳細は公表も報道もされていない。できることなら、この状態のまま捜査を続けたかった。隅々《すみずみ》まで完全に調べ終えるまでは、地下道に乱入されては困る。

「死亡者のうちのふたりは、おそらく身元が判明した」

警部は、ふたつの名前が手書きで書かれたメモを差し出した。

「アリソン・スレイマンとイドリス・クリバリ。それが名前だ。ふたりの親戚に知らせたい。愛する者たちのもとに、きちんと遺体が運ばれるようにしたいんだ。ふたりを大切に思っている人たちの手で埋葬されるように。彼らの死を悲しむ人の」

「このふたりはコンテナの中で見つかったんですか？」

「死亡者のうちのふたりだ。あんたは地元の政治家や救援組織、国連職員、政府関係者などと現地で定期的に会っている。混乱をきわめる国で、曲がりなりにも存在する組織に近づくことができる。あんたにはつてがある。俺には——俺はどこから手をつけていいのかもわからない」

エーヴェルト・グレーンスの向かいに座っているのは外交官だ。あらゆる言葉を熟考して、交渉することに慣れている。彼は警部がコンテナについての質問に答えずに、同じ言葉を繰りかえしたことに気づいた——死亡者のうちのふたり。だが、追及しないことにした。

「どこから手をつけていいのかわからないとおっしゃいましたが、グレーンスさん——あなたを見ているだけで、それがきわめて大事なことだとわかる。なぜです？　西アフリカの親戚に知らせて遺体を送ることが、犯人を捜すのにどう役立つというんですか？」

「直接は関係ない。だが、前に進むばかりが捜査ではない。この大量殺人の犯人は、彼らの命を奪っただけでなく、死も奪った。それを取り戻すのも俺の仕事だ」

グレーンスは石の階段を上っている途中から考えていた。

建物全体がなんと静かなことか。夜の中央橋を行き交う車のかすかな音、それだけだ。内部からは何も聞こえなかった。廊下も、階段の吹き抜けも、オフィスも——ささやき声すら聞こえない。そして、エーヴェルト・グレーンスとトール・ディクソンが飲み物に手をつけず、足を床にこすりもせずに、無言で相手の様子を探りあううちに、沈黙は建物と同じ厳粛さを帯びてきた。

「信じましょう、警部さん。あなたは彼らに死を取り戻してやりたいと思っている。しかし――まだ何かあるような気がしてならない。あなたを動かしているものが。いずれにしても協力はします。でも、どうしても気になるんですよ。ニジェールの官僚や、お世辞《せじ》にもじゅうぶんとは言えない、かの国の書類を引っかきまわすために、なぜ私に時間を費やさせるのか、あなたの目的は、ほんとうはなんなのか」

ほんとうは。

トール・ディクソンは、つい数時間前のソフィアと同じ言葉を強調して疑念を示した。グレーンスは、たとえ上司に対しても、捜査の詳細は口外しない主義だったが、この役人に少しばかり打ち明けて信頼を得れば、自身にとって有利になると考えた。

「ある少年がいる。犠牲者のひとりの親戚だ。ついさっき会ってきた。あんなにも……見捨てられたような人間は見たことがない。たぶん――じっくり考えたわけでもないし、なんの意味もないかもしれないが――俺が……俺たちが親戚を探し出そうと努力したことを知ったら、その少年の孤独が少しは癒《いや》されるかもしれない」

コスモポリタンの外交官はうなずいた。ゆっくりと。

「ありがとうございます。となると、問いあわせる理由がふたつできたというわけですね。

正直、まったく予想外でした。スウェーデン警察が捜査をそんなふうに、なんというか、感情的に進めるとは思いませんでしたから」

「実際、予想外だ。俺にとっても――嘘じゃない。どうやら年をとったようだな。だが、誰にも言わないでくれ――いまさら同僚を混乱させたくない」

「なんのことをですか、警部さん？」

グレーンスはカップを空《から》にして銀のトレーに戻すと、立ち上がって礼を述べた。石の階段を下りている途中で、トール・ディクソンはわずかに歩を緩《ゆる》めた。

「いろいろな噂が耳に入ってきます。あなたがたが遺体を見つけたという話も聞きました。別の場所で」

エーヴェルト・グレーンスはまっすぐ前を見ながら歩いた。事実をすべて明らかにしていないことを役人に悟られたくなかった。

「そうなのか？」

「複数の病院の遺体安置所で。複数の遺体を。そこに隠されていたと。ほんとうなんですか？」

「残念だが、コメントは控えさせてもらう」

「コメントしたも同然ですよ、警部さん。遺体安置所ですか？　だとしたら、彼らに死を取り戻すというのがどういう意味なのかは理解できます。でもわからないのは、どうして遺体がそんな場所にあったかということです。どうやって運び入れたのか」

「残念だが、それについてもコメントは控えさせてもらう」

「内部の人間の仕業《しわざ》ですか？　病院の関係者とか？　遺体安置所の職員？　それ以外に誰が――」

「申し訳ないが、ディクソンさん」

音の響くすべりやすい階段は、あと数段残っている。けれどもエーヴェルト・グレーンスには、ある女性の温かいほほ笑みしか見えなかった。

「これ以上、俺からは何も聞き出せない」

「言っておきますが、警部さん、今回の悲惨な事件は、わが省も無関係ではありません。あれ以来、ハチの巣をつついたような騒ぎです。電話は鳴りやむ気配がない――マスコミは答えを求めている。もちろん、われわれに訊かれてもわかるはずがありません」

石の階段の最後の段は、グスタフ・アドルフ広場に出る正面のドアからそれほど離れていなかった。だが、警部が三度、足を止めるのにじゅうぶんな距離だった。一度目は、トール・ディクソンの腕をそっとつかみ、彼を見ずに話したときだった。

「わかった。あんたには協力してもらうから、こういうことにしよう――しつこく電話してくるやつらの質問に対する答えは、近いうちにわかるはずだ」

二度目は、玄関ホールに一脚だけ置かれた来客用の椅子のところに来たときだった。

「なぜなら、証人がいるからだ。さっき話した少年。あんたに親戚を探してほしいと頼んだ。具体的な証拠はつかんでいる。人間を檻《おり》に入れて運んで金を儲《もう》けているやつに、間違いなく近づいている」

最後にグレーンスが立ち止まったのは、ドアの重いハンドルに手をかけたときだった。

「その少年は、同じ方法で海を渡った。だが、ほかの難民とは違って生き残った。グダニスクでコンテナの扉を閉め、ストックホルムで開けた人物を見ている」

ピート・ホフマンはホテルの平らな屋根にうつぶせになっていた。乾いた穏やかな夜風が吹くなか、両肘《ひじ》をつき、すっかり見慣れてきた窓に向けてライフルを構えている。

ズワーラで最も高い地点。暗視スコープで会計士の姿を完璧にとらえられる。

数時間前から例の簡素な机でメモをとったり、書類を整理したり、現金を数えたり、コンピューターに数字を入力したり、文書を印刷したりしていたが、眼鏡《めがね》を髪に押し上げて、どうやら作業を終えたようだった。それまでたえず動いていた彼女が、その場にたたずむあいだに、さらに顔を拡大して、肌や微細な表情を観察する。落ち着き。それが見て取れた。満足感。おそらく彼女自身も自覚し、周囲も認めている美しさとは異なる愛らしさ。やさしさ。思いやり。昼間とは打って変わって。ひとりで本部にいる彼女は、あの冷ややかな計算高い顔を捨て、もはや何に対しても誰に対しても警戒していない。

やがて彼女は視野からはずれ、動きを追えない方向へと移動した。行き先はわかっていた——オマールにリボルバーをこめかみに押し当てられ、床に押さえつけられていたときに、はじめて彼女がヒールの音を響かせて出てきた場所。金庫室。そこへ向かったのだ。分厚い金庫のような扉へ。おそらくドアを閉め、複数の錠をかけているにちがいない。

そのとき、上着の中で振動音を感じた。

ホフマンはわずかに上半身を起こし、ポケットの奥から電話を取り出すと、来《き》るべき衝突へ向けてオマールの車に取りつけたGPSの監視システムを画面でチェックした。

車は一時間前に動き出していた。ズワーラからトリポリへ続く湾岸道路。衛星画像によると、途中、ガソリンスタンドとおぼしき場所に寄り、十四分間停車した。ちょうどいま——それで電話が振動した——車はふたたび走りはじめ、海岸沿いを通常のスピードで東へ向かっている。首都の方向へ。

今日、埠頭《ふとう》の突端にいた際に、オマールが受けた電話と関係があるのかもしれない。

相手に従うような口調。

そう聞こえた。自信たっぷりで攻撃的な話し方は鳴りをひそめていた。近いうちに会合がある、とホフマンは確信した。そして口調の変化から、相手は立場が上の人物だと。言うまでもなく、オマールのような男が真夜中に起き出してトリポリへ向かうのは、愛人や売春宿、レストランでのパーティといった目的のためでもおかしくはない。だが、オマールのような男は、そういった類の会話で従順を示すことはない。しかも彼は英語で話し、強い訛《なま》りを抑えようとまでしていた。あの電話で呼び出されたと考えれば辻褄が合う。オマールは予定された会合へ向かっているにちがいない――船が出航する前日にズワーラの本部を離れるのは、彼のような仕切り屋のすることではない。強制されないかぎり。命じられないかぎり。

その瞬間、ピート・ホフマンは気づいた。

いまだ。

いまがチャンスだ。

オマールはもうじきトリポリに到着し、会計士は仕事を終えて金庫室に鍵をかけた。風向きが変わった。予想よりもかなり早かった。少なくとも一週間はかかると見込んでいたが、誰にも見つからずに本部に侵入する絶好の機会が訪れた。夜が明けるまでに、グレーンスの求めている情報を探す。そのためには死を覚悟しなければならない――本来なら命よりも金に重きを置く者にしか不可能なことだ。

最初の晩に、すでに屋根の上で計画を立て、それをメモに書き出していた――何を、どうするべきか。

バンプキー
通訳
板ばね
松脂《まつやに》
デンマーク人
T型梁《ばり》
導爆線
GSM制御起爆装置
キリン
メートル毎秒

そこに〝いつ〟も加わった。

時間というのは、限られている場合にはよけいに早く過ぎる。まさに、またとないチャンスだった。会計士は本部を離れ、病的に疑い深いオマールは遠出している。だがホフマンは――たとえ急いでいても、全身がそこへ駆けつけたがっていても――身の安全に関しては最後まで確認を怠《おこた》りたくなかった。

そこで、もう一度電話の画面を見た――オマールの車は同じ速度でトリポリの市境へ向かっている。

そこで、もう一度、暗視スコープで港の一帯を見わたした――武装した見張りは、四百人以上の難民が中にいる倉庫の入口で煙草《たばこ》を吸っているふたりだけだ。

そこで、もう一度、平らな屋根の隆起した端まで這《は》い進み、外をのぞいた――本部でホフマンが歯向かったボディガードの筋肉隆々のほうは、あいかわらず通りに駐《と》めた車で待っている。ホフマンの監視役。いまだに信用されていないのだ。だが、監視の訓練をじゅうぶん受けたとは言いがたい。すぐに見つかるうえに、暇を持て余して集中力に欠けていた。とはいえ、ホテルの正面、入口の真向かいに駐車したフォード・マスタングから見張られていれば、気づかれずに外に出ることは不可能だろう。

「ピート？」

彼女はすぐに電話に出た。

「あなたなの？」

「ソウ、起きてたのか？」

自分がふたたび電話を手にしたことには、ちっとも気づいていなかった。しかも、オマールがトリポリへ向かっていることを三たび確認するためではなかった――そうではなく、登録された数少ない番号のひとつを選んでいた。ソフィア、ヒューゴー、エリック・ウィルソン。その三人だけだ、その順番で。

「うん、起きてた」

「子どもたちは？」

「眠ってる。ラスムスはいびきをかいてた。ヒューゴーはいつもどおり、寝言で叫んでた」

ピート・ホフマンは、死を意味するかもしれない危険に身をさらそうとしている。だから彼女の声が聞きたかった。みずからの不安と向きあい、神経を研《と》ぎ澄ますために欠かさない習慣だった——彼女のそばにいれば、息子たちのそばにいれば、失いたくないものができる。

「ソフィア、じつは——」

「帰れなかった理由は知ってる」

「臨時の輸送が——」

「電話があって、すぐにピンときた。嘘ついてたでしょう。だけど、理由はわからなかった。あなたは嘘が得意だったはずよ、ピート。来る日も来る日も嘘をついてたのに、私はちっとも気づかなかった——腕が落ちたわね」

「それは……悪かった、ソフィア。やむをえなかったんだ」

「それも知ってる。エーヴェルト・グレーンスさんに聞いた」

「グレーンスさんに？」

「そう」

「どうしてあの人が……」

「とにかく役目を果たして、帰ってきて。無傷で。次の休暇に。いい？　危険な目には遭わないって、グレーンスさんが保証してくれた。ほんとうにそうなの？」

北アフリカで屋根に横たわっている。片方の手をスナイパーライフルにかけている。必要な準備を何ひとつせずに、犯罪組織に潜入している。

「ああ、ほんとうだ。簡単な仕事だよ、ソウ。前とはまったく違う。ちっとも危険はない」

「また嘘ついてる」

これほどつらく感じたことはなかった。

彼女が電話を切って声が聞こえなくなると——いままでにない孤独を覚えた。

家。家に帰らなければならない。

ホフマンはホテル側面の非常階段のほうへ少しずつ這《は》い進み、屋根から最上階に下りて部屋に戻ると、ぎっしり詰まった道具袋を持って、ふたたび屋上に上がった。太い煙突の陰に隠れていたおかげで見つからずに済んだが、ホテルを出て、マスタングで待ち受けているオマールの斥候《せっこう》の前を通り過ぎるには、別の手段をとる必要がある。

屋根の向こう側。右手にある四番目の建物。それが目的地だ。

ホフマンは身をかがめ、銃を持った見張りと反対方向のホテルの裏側へこっそり近づいた。そこからわずか数メートル下方に、となりの家の屋根がある。それぞれの敷地は暗い路地で隔てられていた。彼は深く息を吸いこむと、思いきって飛び降り、四階下のレストランの厨房《ちゅうぼう》の裏にある大きなゴミ箱から、熱がこもった生ゴミの悪臭が立ちのぼるのを感じた。

そうやって、巨大な階段を下りるかのように、数メートル低く、数メートル離れたとなりの建物に次々と飛び移って、四番目の建物に着地した。屋上に、赤と黄色で〝HOTEL〟と書かれたネオンサインが立てられ、その横には最上階に下りる昇降口があった。そこがゴールだった。その建物の入口からなら、見張りに気づかれずに外に出ることができる。

それ以後、ホフマンはすばやく行動したが、走ったりはせず、できるだけ広い路地を選んだ。狭い路地では、とくに今日のように涼しい夜には、外に出て道端にたむろする連中と鉢合わせする恐れがある。海岸に近づくにつれ、心地よい風は勢いを増してきた――海は彼に向かって叫び、波は波止場や埠頭を呑みこもうとしていた。

港の周辺もズワーラの他の地域と同様に明かりが少なく、道具袋とライフルのケースを持って高いフェンスをよじ登るのは難しくなかった。ホテルの屋根から何度となくのぞいた密航組織の本部が入る建物は、一カ所しかない入口のドアを照らす薄暗いポーチライトのほかは完全に真っ暗だった。ピート・ホフマンは光に身を投じる前にかがみこみ、最後にもう一度、オマールの状況をチェックした。電話の画面に表示された監視システムは、車がトリポリに到着したことを示しており、座標値によると、首都でも指折りの高級レストランの前に駐められていた。オマールは実際にそこにいる。そうした場所にふさわしい重要人物を気取る相手と会っている。

ホフマンは、今度は未登録の番号に電話をかけた。

「もしもし、ピート・コズ――」

「これはこれは、命の恩人にして最高の親友じゃないか！」

「――ロウだ。おまえに――」

「マジで救世主！　ウホホーイ！　ウホホーイ！　俺のヒーローだ！」

「――頼みがある。どこにいるんだ？」

ホフマンはしゃがんだまま、これから侵入する建物の外の暗がりでささやいていた。電話の向こう側から聞こえてくるのは、調子っぱずれに歌い、ひょっとしたら踊っている男の不明瞭なコペンハーゲン訛《なま》りだった。フランク。まさに宣言したとおりのことをしている。心の虚《むな》しさを押しやり、逃れつづけることが最善策と思われる考えから自由になっている。

「どこにいるかって？」

ピート・ホフマンは答える前に電話の音量を下げた。

「ああ」

「言ったたろ。チュニジアのザルジスさ、コズロウ！　北アフリカで断トツのビーチで寝そべって、あんたが来るのを待ってるよ。こっちに向かってるのかい？　ウホホーイ！　あと二週間あるぞ。あんたと俺とでここで過ごすんだ。あんたと、この俺様で――」

「ザルジス。トリポリまで車で三時間か？」

「俺が運転すれば二時間だ！」

「いますぐ向かってほしい。しらふだろうな？」

フランクは酔っぱらったようにやかましく笑ったが、ふいに黙った。とつぜんピート・ホフマンの真剣な口調を理解したかのように。ふたたび口を開いたときには、別人のようだった。

「任せておけ。大丈夫だ。ほかならぬあんたの頼みなら、いつどんなときでも引き受ける。わかってるだろう」

「アル・マハリー・ホテルの前に、車が一台駐まっている。装甲車だ。赤外線カメラとスプリンクラー、車体の一部には射撃用のハッチもある。持ち主の写真を送る。PSG-90の照準器で撮ったやつだ。そいつは――オマールという名前だが――誰かと食事をしているはずだ。食べ終えたら、ひょっとしたらバーで飲んでから、ホテルに泊まるだろう。ただ食事するためだけに、そんな高級レストランには行かないはずだ」

ピート・ホフマンの若いデンマーク人の同僚は押し黙った。荒い息遣いは、背後で奏でられているチュニジアの伝統音楽〝マルーフ〟にかき消されそうだった。バイオリン、ウード（中東から北アフリカにかけてのアラブ音楽文化圏で用いられるリュート属の弦楽器。ピックを使って演奏する）、ドラム、フルートの伴奏にのせて、女性が美しく神秘的に歌い上げている。

「ライフルの照準器で撮った写真？」

「そうだ」

「家に帰ったんじゃないのか、コズロウ？　奥さんと子どものもとへ。俺と違って、あんたには家族がいるから」

「予定が狂った。結局、ズワーラにいる。ここで片づける用事ができたんだ。行ってもらえるか？　その車のところとレストランとホテルへ」

「二時間十五分で着く。明日の朝には、そのオマールとかいうやつがいっしょにいる相手がわかるだろう」

階段まで七歩、三段。

入口のドアは灰色の金属製で、ピート・ホフマンが泊まっているホテルの部屋のドアと構造もサイズも同じシリンダー錠が取りつけられていた。今日の午後、彼はズワーラの中心街近くにある小さなデパートへ行き、鉄のやすりと、モペッドのエンジンに使われている小さなゴムワッシャーを三つ購入した。ホテルに戻ると、部屋のキーにある七つの溝のうち、キーヘッドに近い部分をいくつか削って平らにし、ゴムワッシャーを三つ取りつけた。その鍵を本部のシリンダー錠に押しこみ、小型のハンマーでキーヘッドを叩いた。鍵は途中まで穴に入り、ゴムワッシャーが引っかかって押し戻される。三度目の挑戦で——通常は、その程度の振動を与えればタンブラー内の複数のピンが一直線にそろう——叩いた拍子にピンの高さがそろい、鍵が音を立ててまわった。バンプキー（鍵を使わずにシリンダー錠を開けるための特殊加工したキー）。どの国のどんな錠でも簡単に開き、そのうえ痕跡も残らない。

二階へ上がる階段は、ペンキが塗られていない粗《あら》い木製で、別の現実の階段と同じように耳障りな軋《きし》みを立てる――ストックホルム南部の閑静な住宅街に建つ家の、キッチンから子どもたちの部屋へ上がる階段と。毎日、一瞬たりとも忘れたことのない場所。

誰にも見られていなかった。

八百六十一メートル離れた屋根から確認したとおり。

本部の中からも、外からも。

ホフマンは広い部屋の真ん中あたり、頑丈なT型梁《ばり》の下で足を止め、かろうじて窓から差しこむ薄暗い光を頼りに、壁から壁までの距離と天井までの高さを目測した。それから、かつて工場だった空間を囲む真っ白い壁に沿って歩きはじめた。その手には、一センチの大きさの白いマイクが四つ握られていた。通訳。便宜的にそう呼ぶ。それを四隅にひとつずつ、白い壁と見分けがつきにくい穴やひびを見つけて取りつけた。

これで、この部屋で交わされる言葉はすべて録音され、通訳されるだろう。

続いて金庫室へ向かう。グレーンスの任務に対する答えの、少なくとも糸口になるものは、その分厚い防護ドアの奥に隠されている。

中に入るには、ふたつの方法があった。バールを打ちこんでドア枠をねじ曲げ、むき出しになったボルトを弓ノコでカットしてドアを押し開ける。あるいは、錠の上にドリルで小さな穴を開け、九つのドライバーピンが内筒に収まるまでピッキングを続ける。

金庫室の前に来るまで、どちらの方法を選ぶべきか決めかねていた。だが、ドアがどのように枠に納まっているのか、枠がどのように壁にはめこまれているのかを調べてみると、バールと弓ノコを用いると損傷が激しく、痕跡を隠すのが難しくなることがわかった。ピッキングは力ずくで開けるよりも時間がかかり、自分が有している以上の運動スキルを要するだろう。だが、潜入捜査員が内部から組織を潰そうとしていることを会計士とオマールに悟られないためには、この侵入方法しかなかった。

道具袋に入っているドリルは小型で使いやすく、ホフマンは錠の上部のどこに穴を開ければよいか心得ていた。ずいぶん昔、ソフィアと出会うはるか前になるが、ドラッグと、それを買うための金が人生の中心だったころがある。そして、スウェーデン一の錠前師から教えを乞うためには、ポーランド製のアンフェタミンを半キロも要した。だが、おかげで細い鉄のツールを差しこむための穴を開ける場所を正確に覚え、九つのピンの位置を調節するバネを操作し、どれだけの力を加え、いまのようにカチャンという音が聞こえるまで待たなければならないことを学んだ——つまり、ドアは開錠された。

ホフマンは中に入った。

こじ開けたドアを閉めさえすれば、シーリングライトをつけても大丈夫だ。

これといった特徴のない部屋だった。広さは七、八平方メートル。キャビネットがふたつ置かれているだけだが、そこに必要なものがすべてあるはずだ。壁のほぼ全面を占めるファイルキャビネットと、中央に置かれた金庫。

まずはその金庫に向かう。いまは開けるつもりはなくても、いずれそうする必要がある。任務が終わって、姿を消す段階になったら。だが、金庫を開けて中身を奪い、卑劣な連中を少しずつ追いつめるためには、暗証番号が必要だった。錠を開けるための数字の組み合わせ。その金庫は最新式のもので、ダイヤルの代わりに、デジタルの表示画面とテンキーがついているが、むしろそのほうが好都合だった。液晶画面に所有者の設定した四桁《けた》、六桁、八桁、あるいは十桁の暗証番号が表示されるようになっている。そこでホフマンは、市販のウェブカメラで最も小型のものを壁の割れ目に隠し、金庫の前面に向きを定めた。そうすれば、次に会計士が暗証番号を入力する際に録画され、保存されるだろう。ピート・ホフマンの電話に。

ファイルキャビネットの錠はもっと簡単だった——開ける必要はなかった。

彼は金属製のキャビネットを思いきり引っ張って壁から離し、裏側をおもてに向けると、ハンマーと千枚通しでどうにかボルトカッターをねじこめるだけの穴を開け、周囲の金属を切断しはじめた。数分後には、開いた口に手を突っこみ、いちばん手前のスペースのハンギングフォルダーを取り出すことができた。彼は書類を床に広げた。すべてが終われば、ふたたび向きを変えて壁に押しつけるだけで裏側の穴が隠れ、ハンギングフォルダーで前からも見えないという算段だ。あえて探そうとしないかぎり、キャビネットの裏側を調べる理由はない。きっちり元どおりの場所に戻せば、形跡はいっさい残らないだろう。

書類に目を通す前にシーリングライトを消す——頭上の明かりが不要となったいま、手元の作業には懐中電灯を使うほうが安全だった。北アフリカの港町では、夜間の光はいつなんどき漏れて見つかるかわからない。

ホフマンは書類を一枚ずつめくった。すべての用紙の隅に、タコの頭が小さく印刷されている。ひときわ目を引かれるそのデザインは、おそらく組織名に関連したロゴマークにちがいない。最初のスペースのフォルダーには、事務的な書類が保管されていた——レンタカーの保険約款《やっかん》、食器洗い機やコンピューターの保証書、事務用品の領収書、港の建物の賃貸契約書。スウェーデンの窓口役につながる手がかりはない。彼は切り開けた穴から次のスペースのフォルダーを注意深く取り出し、それも一枚ずつチェックした。同じだった。エーヴェルト・グレーンスが捜している男もしくは女に関するものは、何もなかった。

電話に目をやる——金庫室に入ってから四十二分が経過していた。一スペースにつき、約二十分。キャビネットのハンギングフォルダーは、あと五スペース分ある。つまり、残らず目を通すには一時間四十分ほど必要だ。

日	単位	行程 2+3+4	zuw1 12.5%	zuw2 12.5%	lam. 5%	sal. 8%	ACC 15%	bank 5%	gda 8%	trans balt 7%	CC 25%
5月2日	404	1500 $+ 1000 $+ 4000 $	328 250 $	328 250 $	131 300 $	210 080 $	393 900 $	131 300 $	210 080 $	183 820 $	656 500 $
5月5日	423	1500 $+ 1000 $+ 2000 $	235 937.5 $	235 937.5 $	95 175 $	152 280 $	285 525 $	95 175 $	152 280 $	133 245 $	475 750 $
5月9日	444	1500 $+ 1000 $+ 3500 $	333 000 $	333 000 $	133 200 $	213 120 $	399 600 $	133 200 $	213 120 $	186 480 $	666 000 $

三番目のスペースの中央に手を伸ばしたとき、よく知った感覚に襲われた。ないまぜになった興奮と満足感。身体の内側の定位置から胸にこみ上げ、そこに居座っている感覚。ホフマンは糸口となるにちがいない書類を手にした。

少しずつ近づいている。

ピート・ホフマンは、リビアからはるばるスウェーデンもしくはドイツまでの全百七回に及ぶ密航を集計した表に目を通した。

そして、もう一度最初から見た。

もう一度。

証拠をつかんだぞ、グレーンス警部。

だんだんと数字や略語の意味がわかってきた。収入源とさまざまな資金支援者に対する利益分配を示す、犯罪組織の数年間の記録。

人身売買ネットワークと接触するようになって以降、こうした種類の表は何度か目にしたことがある。どうやら別の理由で人を運んで儲《もう》けている者にとっても役立つようだった。

左端の欄の〝日〟。出航の日付。最も古い――組織が活動を開始した数年前の――書類によると、難民を乗せた船は二週間置きに出ていた。それが、いまホフマンが手にしている、この数ヵ月分を記録した最新の書類では、出航は週二回に増えている。

次の欄の〝単位〟。通常は、歯磨き粉、ジャガイモ、家具などの製品に用いるが、ここでは人の数を表わしている。

第三欄の〝行程2＋3＋4〟。難民ひとり当たりの陸路および水路の旅の料金。行程2まではEU圏内への密航のための基本料金で、最終行程は複数の料金が設定されている――目的地がドイツまたはスウェーデンの場合が最も高額だ。これが会計士の言っていた、客が何ひとつ心配せずに済むように手配するということだろう。

続いて、利益分配率を記した欄が九つ。何度も読むうちに、ｚｕｗ1、ｚｕｗ2、ｌａｍ、ｓａｌ、ＡＣＣ、ｂａｎｋ、ｇｄａ、ｔｒａｎｓ ｂａｌｔ、ＣＣは、それぞれ参加者のコードネームを表わしていると確信した。

証券取引所で株式の取引が不可能な企業に九人のオーナー。それでも、全収益の詳細な帳簿をつけている。分け前に納得がいかない者が暴力沙汰を起こす可能性があるからだ。

そうなると結果的に高くつき、周囲からも目をつけられる。その点、こうした情報は信頼を失わないための最善の手段となる。誰もが計算できる明確な数字を示し、紙を媒体とすることで、目を通したあとはデジタルファイルよりも処分しやすい。

ピート・ホフマンは書類を床に置くと、シーリングライトをつけ、すばやく電話のカメラで撮影した。判読可能な写真を撮るには、どうしても明かりが必要だった。

どのページにも、最上部に同じ九つのコードネーム。

そのうちのひとつがスウェーデン人。

誰なんだ？

なんと名乗っている？

密閉されたコンテナで窒息死《ちっそくし》した人々から、いったいどれだけの利益を得ているんだ？

同じフォルダーには、まだ二十ページほどの書類が残っていたが、全部に目を通す時間はなかった。とはいうものの、これが必要な情報の核心部分であることは間違いない。すでに予定の時間を過ぎていたが、その書類もあとでチェックするためにカメラに収めた。すべて撮り終え、次のスペースのフォルダーに取りかかろうとしたとき、物音が聞こえた。

ゴムのタイヤがアスファルトの砕石にこすれる音。

車。スピードを落としている。すぐ近くで。

オマールか？　いや、彼はまだ遠くにいて、ここまで来るには時間がかかるはずだ。たとえ最後に位置を確認した直後に戻ってきたとしても。だったら、四百人の難民を押しこめている倉庫の見張りか？　違う。わざわざ車で来るほどの距離ではない。港湾労働者？　それも違う。造船業者も、荷物の積み下ろしを行なうクレーンの操縦者も、真夜中にここに来る理由はない。

ピート・ホフマンは金庫室のライトを消し、こっそり大部屋に戻って、入口近くの窓に忍び寄った。

一台の車が見えた。

すぐ前に駐《と》まっている。

フロントガラス越しに、彼女の姿が見えた。

会計士。

忘れ物でもしたのか？　それとも気づかれたのか？　ホフマンは大部屋を突っ切って金庫室に駆け戻り、書類をかき集めてハンギングフォルダーに詰めこむと、キャビネットを切り開けた穴からフォルダーを元に戻した。そしてキャビネットを壁に押しつけ、剝《は》がれかけた金属の部分を裏側に垂らし、誰かが開けて前側から見ても穴が隠れるようにした。

満足して、狭い部屋を出ようとしたとき、床で何かが光を放っているのに気づいた。キャビネットから落ちたやすり屑《くず》。拾い集めるには多すぎる。彼は蹴散らした。かなり細かいため、散らばってしまえば見つからないかもしれない。そして道具袋をつかむと、外に出てドアを閉め、長い金属のツールを引き抜いて、ふたたび錠が下りる音を確認した。最後に、シリンダー錠の上に開けた小さな穴に松脂《まつやに》をこすりつけると、茶色の粉が入りこんで穴がふさがれた。

はじめてここを訪れた際、額に銃を突きつけられて床に横たわっているあいだに天井を見上げ、唯一、隠れられそうな場所に当たりをつけていた。頭上に渡されたT型梁《ばり》だ。ホフマンは道具袋とライフルのケースを背負うと、机に飛び乗り、そこからざらざらした鉄の梁の縁に飛びついて、しっかりつかんでから身体を引き上げた。じっとうつぶせに潜んでいれば、梁からは片方の肩がはみ出す程度で済むだろう。

階下の入口のドアが開いて閉まる音が聞こえた。

階段を上る足音。

本部の大部屋に入り、電気をつけたときの息遣い。

彼の下を歩きまわる際の咳払いと独りごと。

彼女が顔を上げたら。ひんやりした鉄に胸や膝《ひざ》や足がこすれて、ほんのかすかな音でも立てたら。一巻の終わりだ。

凍りつく。

ピート・ホフマンは完全に凍りついて横たわっていた。

彼女の足音が遠ざかり、金庫室のほうに向かうまで。それを確認してから、彼は首の向きを変え、わずかにかたむけて、彼女の動きを目で追った。

埋めた穴には気づいていないようだった。床に散らばった金属の屑も目に入らない様子だ。金庫。それだけが目的なのだ。天井近くの位置から彼女の背中が見える。ホフマンはカメラのスイッチを入れなかったことを悔やんだ。次回はかならず。そうすれば暗証番号が録画され、送られてくる。

彼女は金庫を開け、下段に入っている何かを調べてから携帯電話を取り出した。数字をひとつ押す。それだけは見えた。登録された番号。

親しげな口調ではなかったが、ぶっきらぼうでもなかった。真夜中にここにいることに、やや困惑しているようだ。アラビア語で話している。彼が仕掛けた自動翻訳機はまだ作動していないため、ほとんど理解できなかった。だが、それでもじゅうぶんだった。彼女が電話の相手の名前を口にするのが聞こえた。オマール。彼女は数字をすらすらと言った。ホフマンの知っている数字、組織の収入と一致する大きな数字だった。そして〝トリポリ〟と言った。それを聞いて彼は確信した。数字を尋ねたのはオマールではなく、いまオマールが首都で会っている男もしくは女で、遅い時刻にもかかわらず金額の確認を求めた人物だと。

今日の昼間、オマールがまったく口答えをしなかった相手。

密航組織にとって重要な人物。ひょっとしたら組織のトップかもしれない。だとしたら、あの書類によると、zuw1とzuw2——会計士とオマールのことだとホフマンはにらんでいた——よりも取り分が多いコードネームはふたつのみ。

ACCもしくはCC。

オマールがトリポリで会っていて、会計士にここへ来て口頭で報告するよう命じたのは、このふたりのどちらかである可能性が高い。

ホフマンはデンマーク人の友人を思い浮かべた。いまごろ猛スピードで海辺のパラダイスから車をとばしている。彼の役割はさらに大きな意味を持つことになった。

数分後、会計士は会話を終えてオマールに別れを告げた。〝さようなら《マアッサラーマ》〟——ホフマンが聞き取れた数少ない言葉のひとつだ。彼はそのまましばらくT型梁の上に留まり、彼女の車が港から離れたと確信してから、金庫室のシリンダー錠の上に開けた穴にふたたび細い金属のツールを差しこみ、密航組織の心臓部に入る分厚いドアを開けた。最後にもう一度、点検する——先ほど急いで蹴り散らした金属のやすり屑を拾い集めると、何ひとつ問題はないように見えた。侵入者の形跡は残されていない。ドアを閉めようとしたとき、ふと何かが目に留まった。あそこだ。なかばファイリングキャビネットに隠れた、奥の隅。書類が一枚、はみ出していた。ホフマンはかがんで拾い上げた。先ほど写真に撮った書類だった。とつぜん会計士が現われ、あわててフォルダーを穴から押しこんで、キャビネットを壁に押しつけた。その際にしまい忘れ、気づかずに出ていったにちがいない。

そして会計士は——まったく気がつかなかった。

信じられないほどの幸運。

ホフマンはキャビネットを壁から離し、その書類を中に入れ、すべてを元どおりに戻すと、ライトを消してドアに鍵をかけた。ここでの仕事は、これで終わりだ。とりあえずは。

階段を下りる途中で電話が振動した。フランクからのショートメッセージ——〝あと十分で着く〟。画面を確認すると、車はまだ高級ホテルの前に駐まっていた。フランクはまさに適役だった。ホフマン自身が監視するよりも、はるかに好都合だ。オマールとは面識のない、新たに雇った男とも無関係なデンマーク人観光客を装える。

来たときよりも風が強くなっていた。ひんやりと心地よい空気に目が覚める。あと一時間ほどここで作業してから、夜が明けるまで仮眠して、デンマーク人に会う。グレーンスがスウェーデンの窓口役に少しでも近づけるように、名前と写真を入手していることを願って。

ピート・ホフマンは小型マイクを取りつけはじめた。合計で十一個――すでに本部の内部に四つ仕掛けている。残りは港のさまざまな場所に。五個目は本部の入口近く、六個目と七個目は見張りの目を盗んで巨大な倉庫の裏側に、八個目は造船所の長い側面に、九個目と十個目はそれぞれ別の埠頭《ふとう》に。敵の会話を理解する能力が、すなわち生き延びる能力であるときに、味方となる電子機器。十一個目は漁船の操舵室の屋根の下に隠した――二十四時間以内に彼を乗せて出航する。

濃い闇に包まれ、甲板に立って波に身をゆだねるのは妙な気分だった。この空間に、この小さくて劣悪な船に、四百八十四人が詰めこまれ、家畜のように運ばれるのだ。

〝私は宗教を信じない。イデオロギーも信じない。私が信じるのはお金よ、コズロウ〟

ここから遠くない場所で、すでに待っている四百八十四人の人間。

合わせて二百十七万八千ドルの価値がある。

今回の旅だけで。

ホフマンは、難民の恐怖のにおいが強烈に漂う倉庫の中で始めたことを再開した。すべてを吹き飛ばすのに必要な爆薬の量を計算した。金のために人間の命を売買する者にとって唯一大事なものを奪う、最も効果的な方法。それは倉庫であり、船だ。一隻の船につき、一・五メートルの導爆線があれば事足りる。あとはGSM制御の起爆装置を手に入れるだけでいい。どの漁船にも、燃料タンクにキャップがある。まずは導爆線でコマ結びを作る。結び目がタンクにぎりぎり入る程度の大きさになるまで何度か結び、それをテープで上部に固定する。爆発させる際には、バルクメールを一回送信すれば、すべての船が同時に吹き飛ぶ仕組みだ。

もうひとつ準備するものがある。キリン。ほかの道がふさがれた場合の脱出方法。見た目がキリンにそっくりだった——港で最も背の高いクレーン。道具袋とライフルケースを背負ったまま、ホフマンは一度に片足ずつバランスを保ち、キリンの脚——交差した鋼棒《こうぼう》——をよじ登った。途中、キリンの胴に当たる運転席に達し、そのままクレーンの上部の首を登りつづけ、頭を思わせる膨らみを目指す。そこから鋼鉄は下方に折れ曲がり、その先端にホイストが舌のように垂れ下がっている。

ホフマンはキリンの頭で止まると、港、そしてズワーラ全体を見わたした。それから、もうじき朝日に照らされるその場所で、夜の闇にまぎれて背中から荷物を下ろし、開けて、中をのぞいた——スナイパーライフル、拳銃、銃弾の入った箱。彼はキリンの頭の鋼棒に革紐《かわひも》を四本巻きつけ、袋の端についている金属の輪に通した。

これなら地上から見つかる心配はない。必要なものをすべて詰めた袋をここに吊り下げておく。万策尽きた際の最後の手段。

つねに、ひとりきり。

ホフマンはどうすべきかわかっていた。

自分だけを信じろ。

太陽はゆっくりと青空の旅を始めた。早朝から昼に近づくにつれ、うだるような暑さが加わる。ピート・ホフマンは目を閉じた。しばし車を止め、頬を暖かさに浸して、疲れた身体全体に染みわたらせるのは、このうえなく心地よかった。

かつてローマ帝国に支配されていたサブラタは、ズワーラからトリポリへ向かう途中にある。そこで会うことになっていた。世界遺産の円形競技場で。キリスト生誕から数百年後に建てられた、忘れられた映画のセットのような場所。観光名所だが、最近はほとんど観光客の姿はない。そして、柱や踊り場の周囲をのんびりと歩く数少ない観光客の中に、スウェーデン人とデンマーク人が紛れこむ。

なんとも奇妙だった。

ヨーロッパ文明の揺りかごと呼ばれた場所。

それなのに、いま人々はこの地からヨーロッパへ逃げ出している。

少し遅れるとフランクからメッセージが届いたので、ホフマンは古代の劇場跡の石の観客席に腰を下ろして待っていた。やがて、長いブロンドをなびかせた真っ赤なあごひげの男が、きわめて体格のよい二十八歳ならではの力強い足取りで近づいてきた。ふたりはいつものように抱きあい、ホフマンは筋肉隆々の腕が息を絞り取るのをやめるまで待った。

「これを。観光地図とパンフレットだ。これを持ってときどき見ながら、建築や歴史が目当てで来たふりをするんだ。トリポリで見たことの報告ではなくて」

ピート・ホフマンは、海の見える窓のような円形劇場の入口前で写真を撮りあっている年配の夫婦に会釈した。そしてフランクの写真を撮るふりをしてから、次なる千年の歴史を持つ柱や階段に移動した。

「あんたから電話があったときは、ザルジスのバーにいた。ハウスワインの赤が、まさに命の味なんだ、コズロウ。聞いてるか？　命だぞ。飲んだら元気になって、笑いがこみ上げて、明日を信じられる。それをボトル半分、残してきた。正確には、二本目のボトルの半分だ。指定された場所まで二時間十三分。アル・マハリー・ホテル。一泊分の金を払って、コーヒーを飲みながらロビーに座ってた。もう一杯。さらにもう一杯。逃げられたかと思ったぜ。ところが今朝《けさ》の六時半になって、ひとり目のボディガードが来た。黒いスーツで、ガタイがいい」

「ボディガード？」

「ふたり。いかにもボディガードって感じのが。あれで脚を広げてサングラスをかけてたら完璧だ。やつらはあたりを見まわして、電話をかけた。十五分して、ひとりの男がホテルの階段を下りてきて、給仕長に部屋番号を伝えて朝食の部屋に入った。七〇二号室、ドイツ訛《なま》りの英語でそう言った。その十分後だ。あんたの写真の男が現われたのは。オマールとかなんとかいったな？　やっぱり朝食の部屋へ向かった。アラビア語が正しく聞き取れていれば、六一二号室。最初の男と同じテーブルについた。それで俺も入って、ふたつ離れたテーブルに座ったんだ。ふたりとも、スクランブルエッグとブラックコーヒーを頼んだ。ドイツ人が――あいつは間違いなくドイツ人だ――ゆうべは楽しかったって言うと、あんたのオマールは、これからもいっしょに仕事をするのを楽しみにしてると。意味のない社交辞令さ。大事な話は、前の晩に誰にも聞かれないところで済ませたってわけだ」

「俺が考えてるとおりなら、話の内容はだいたい想像がつく。だが、ドイツ人だって？　確かなのか？」

「ああ、間違いようがない。あの訛りはどこにいてもわかる。こう見えても俺はデンマーク人だぜ、コズロウ。あいつらとは仲間だ。しかも、ただのドイツ人じゃない。ふつうはボディガードなんて連れて歩かないだろ？」

ショートパンツから色白の脚をのぞかせた四人連れの老人が目の前を通り過ぎた。四人ともデジタル一眼レフカメラを腹に下げ、明るい色の麦わら帽子をかぶっている。先ほどホフマンが挨拶《あいさつ》した夫婦を除けば、彼ら以外の観光客は見当たらなかった。イスラム過激派組織ISISからこの古都が解放されたのは、わずか数カ月前のことだった。観光客を呼び戻すのには、まだ時間がかかるだろう。

「朝食の客は十人いた。俺は急いでるふりをして、コーヒーを半分残して席を立った。それで、彼らが卵を食べてるあいだに給仕長と立ち話をして、食事中の客のリストをのぞきこんだんだ。部屋番号と名前。全部きちんと書きこまれてたよ」

「それで?」

話しているあいだ、フランクは胸ポケットからはみ出した、折りたたまれたメモをしきりに触《さわ》っていた。彼はそれを開いて、ホフマンに差し出した。

「七〇二号室の男は、ユルゲン・クラウゼ。リストには、ほかにドイツ風の名前は見当たらなかった。顔は、これを見てくれ」

朝食のテーブルに斜《なな》めに置かれたフランクの携帯電話で撮影したとおぼしき写真。コーヒーカップと塩入れで顔の一部が隠れているが、ほかの写真とくらべて、半眼のような目、まっすぐな鼻、細い唇《くちびる》がはっきりと見えた。

ＣＣか？

それともＡＣＣか？

あるいは別の誰かなのか？

だが、とりあえず北アフリカの難民ビジネスの組織外で活動する人物の名前と顔を入手した。スウェーデン警察が捜している名前を突き止める手がかりとなる人物。ピート・ホフマンは電話をいじって、もう何枚か写真を撮るふりをしてから、記憶しているエーヴェルト・グレーンス警部の番号を入力した。ところが、回線がつながって呼出音が鳴りはじめたとき、フランクが彼の腕をつかんだ。

「いったい、どういうことなんだ？」

「何が？」

「これだよ、コズロウ。あんたがここでしてることだ」

フランクは別の写真を差し出した——ピート・ホフマンが送ったオマールの写真。

「なんでもない」

「なんでもないだと？」

「そのとおり」

フランクは笑みを浮かべた。悪意は感じられなかったが、このまま引き下がるつもりもなさそうだ。

「いいか――俺は協力を惜しまない。どんなことであろうと。わかってるだろう、コズロウ。だが、この写真はライフルのスコープで、少なくとも六百、七百、いや、八百メートルの距離から撮ったものだ。ほんとうになんでもないんなら、誰かにスナイパーライフルを向けたりはしない。違うか？　おまけに、つい数日前には家族の待つ家に帰ると言ってた――それなのに、いまいましいリビアでボディガード連れのドイツ人を監視して、ぼったくりの観光名所で俺と会ってる」

ピート・ホフマンは答えたくなかった。言葉にしたらどう聞こえるのか、自分でも知りたいかどうかわからなかった。

「まあ、待て。あとで説明する。先に電話をかけたい」

彼はフランクの手を腕から離すと、あらためてスウェーデン人の警部の番号を入力した。

半世紀。きちんと数えれば。十四歳のエーヴェルト・グレーンスが、こんなふうに教室に座っていたときからほぼ五十年。

いまは別の十四歳がここに座っている。現在のグレーンスとも、当時のグレーンスとも似ても似つかない。アマドゥは小柄で痩《や》せているが、グレーンスは昔からクラスメートよりも背が高く、体格がよかった。アマドゥは内気で自信がなさげだったが、当時のグレーンスには、いまではほとんど忘れかけている社交性があった。アマドゥはフランス語と、英語とスウェーデン語を少し話すが、グレーンスが話すのは、もっぱら生まれ育った南部郊外の、若者がコンプレックスを抱いているような労働者階級のスウェーデン語だ。

だが、ひとつだけ共通点があった。

ふたりとも、何があろうと、けっして、ぜったいにあきらめない。

グレーンスは父親から殴られるうちに、黙って我慢するか、殴りかえすかを選ばざるをえなくなった。そして、二度と誰からの罵倒《ばとう》も甘受しないと誓った。どんなに犠牲を払おうと——実際、どれだけ犠牲を払ったのかはわからない。アマドゥは不可能なことを成し遂げ、苦労ばかりの生活を捨てて、その決断力ではるばるここまでやってきた。

だから、十四歳の少年は六十四歳の男を信用したのかもしれない。実際、信用していた。エーヴェルト・グレーンスは、ホフマン家のキッチンで始まった会話らしきものが、ためらいがちな信用に変わったのを感じ取った。アマドゥの向かいに座っている似顔絵画家が、その顔をもっと細かく説明するよう求め、鼻や額や生えぎわについて詳細を聞き出そうとすると、アマドゥは警部をちらっと見て、うなずいてもらうのを待ってから、ふたたび説明しようとした。

″喜び《ジョワ》″というフランス語の言葉で、少年が無意識かつ突飛《とっぴ》な方法で説明した顔。命がけの人々をコンテナに閉じこめて運ぶことで金を儲《もう》ける密航組織に雇われた人物。善も悪もたえず流動的な、常軌を逸した世界では、そうしたコンテナを開ける者の顔が喜びにもなるのだ。

ホワイトボードの前にいたグレーンスは、一歩近づいてのぞきこんだ。似顔絵画家はフリーランスで警察の仕事をしている四十代の女性で、目撃者をリラックスさせるのが得意だったため、グレーンスは彼女に依頼した。アマドゥの記憶を頼りに、喜びの顔は半分ほど描かれていた。これといって特徴のない顔だった——目を除いて。青い目の黒い瞳孔《どうこう》の大きさが左右で異なる。片方は大きく、もう片方は小さい。

「いつも夢でその顔を見るんだ」

アマドゥは、またしてもエーヴェルト・グレーンスの同意を求めた。

「たいてい朝。起きる前に。じっと僕を見つめてる」

大きさの異なる瞳孔というのは、グレーンスの捜査班が大半の目撃者から聞き出した情報よりも具体的なものだった。今朝《けさ》、エルフォシュと少し話した際に、彼は自分が法医学者で、目の専門家ではないと断わったうえでコメントした。左右の瞳孔の大きさが一ミリ以上異なれば、それは先天的、すなわち遺伝であるか、そうでなければ後天的で、脳、血管、神経の病気の兆候の可能性がある。警部は残りの半分の顔を描くのを邪魔しないように、ふたたびホワイトボードの前に戻った。そして、ぼんやりと壁を見つめているうちに、その教室は、ふだんはもっと低学年が使用していることに気づいた――コラージュや手書きの詩は、おそらく八、九歳の子どもたちによるものだ。そして、疑問に思わざるをえなかった。別の少年の言葉によって浮かび上がるスケッチを、はたしてこの教室に飾ることができるのか。スウェーデン史上最悪の大量殺人に関わった人物の似顔絵を。

その問いに答える機会は奪われた。内ポケットで電話が鳴り出し、グレーンスは詫《わ》びてから廊下に出た。

「もしもし。グレーンスだ」

「おはようございます、警部」

西アフリカの首都で別れて以来、はじめての電話だった。

「おはよう、ホフマン」

「ゆうべ遅くに写真を送ったんですが、見ていただけましたか？」

「まだだ。今朝は学校に来ている」

「学校？」

「また今度説明する、ホフマン」

電話の向こう側で、風が吹いている。グレーンスが聞き取れる唯一の音だった。ホフマンが目の前に立っている姿を想像した。リビアの海岸の近くで。おそらくその音だ——海の。

「それなら見てください、警部。送った書類には、組織のリーダー九名のコードネームが記されています。そのうちのひとりが、スウェーデンの窓口役にちがいありません」

朝食時に、エーヴェルト・グレーンスは多数の受信メールに気づいたが、ホフマンからだとは思わず、時間がなかったので、あとで確認するつもりだった。彼は老眼鏡をかけ、最初の一件をクリックした。タイムスタンプによると、受信時刻は午前三時二十一分だった。

「見てますか？」

「最初のを開けたところだ」

「左上にタコの頭がありますよね？　これはすべての書類に印刷されています。たぶん組織の名前に関連しているんじゃないかと。犯罪ネットワークというのは、どれも滑稽《こっけい》な、それでいて慎重に選んだ名前がつけられるものです——人間の命や災難や苦しみで金儲けをするような連中が、なぜ名前にこだわるのかは理解に苦しみますが。タコの頭の下の表に、警部、九人の参加者の分け前が記されています。すべて記録されています。利益は残らず分配されている。それぞれが自立して、各自の役割を果たして、従業員に報酬を支払って、ビジネスの一環を担《にな》っているんです。そのうち、ふたりは除外できます。ホテルの部屋で目を通したほかの書類も写真に撮りました――警察官や税関職員への支払いの記録です。これを見るかぎり、最初のふたり、zuw1とzuw2は会計士とオマールに間違いありません。アフリカの港の責任者です。つまり、あなたが捜しているスウェーデンの窓口役は、グレーンスさん、残る七人のどれかということになります」

エーヴェルト・グレーンスは、この現実があまりに非現実的であることにまたしても愕《がく》然《ぜん》とした。あるいは、その逆かもしれない――非現実が現実的なのか。何十もの遺体を前景とした港の日常風景の絵画に入りこんだときのように。いまは学校の廊下で、教室や校庭にいる子どもたちの声に囲まれている。密航ビジネスの混沌《こんとん》のさなかにいる男と話しながら。表と金額で表わされたビジネス。生き延びることもあれば、死ぬこともある人々を食い物にした。

「ゆうべ送った以外にも、写真に撮った書類があります。もし興味があれば。たとえば装甲艇に関するものとか。月に一度、金を受け取りに来ているようです。その金は、マルタの銀行家によって洗浄されたのちに、カタールの口座に送金されています。満員の漁船を一隻、二日置きに出すだけで、一回につき二千から二千五百万の収入になる。信じられますか、グレーンスさん？　彼らの帳簿によると、その装甲艇は数日後に到着しますが、ちっぽけな金庫に保管された二千万ドルを回収するんです」

グレーンスは不覚にも壁に手をつかなければならなかった。身体を支えるために。バランスを取り戻すまで。

非現実的な現実。

ヴァータハムネン港のコンテナからじっと見つめていた目——それが、ホフマンの言うちっぽけな金庫の中にあるものだ。金属の箱から箱へと移される、形を変えた魂。

「もうひとつあります、グレーンスさん」

ホフマンは場所を変えたようだった。海のほうを向いたのかもしれない——少なくとも風の音が強くなった。

「とある人物が浮上しました。どのコードネームに対応するのかは不明ですが。ユルゲン・クラウゼ。ドイツ語を話す男です。いまごろは、トリポリの高級ホテルからチェックアウトしているでしょう。写真があるので、すぐに送ります。調べてみたら何かわかるかもしれません」

数人の生徒が教室から出てきて、薄暗い廊下の突き当たりにある次の教室へと向かっていた。そのうちのひとりが、とつぜん足を止めた。逆光で顔はよく見えなかったが、振り向いて、グレーンスと目を合わせようとする。

ヒューゴー。

間違いない。

グレーンスは手を振った。すると、その人影も振りかえした。

「まだ切るな、ホフマン――おまえの知ってる人が、たぶんそこにいる」

警部がその振られている手に近づくと、向こうも近づいてきた。互いに向かいあって立ったとき、グレーンスは電話を頰から離したまま、ピート・ホフマンにも聞こえるように話しかけた。

「やあ、ヒューゴー――俺がいま、誰と話してるか想像がつくか？」

少年は細い肩をすくめた。

「誰？」

「きみのお父さんだ」

だが、ヒューゴーは思ったほど喜ばなかった。

「さあ――話したらどうだ」

グレーンスは電話を差し出した――が、ヒューゴーは受け取ろうとしなかった。電話は宙に浮かんだままになった。

長すぎるあいだ。

「ええと……」

ヒューゴーの目を見つめながら、グレーンスは嘘をついた。

「……次の授業に遅れそうだったみたいだ」

そして沈黙に耐えられなくなった。

「残念だったな、ホフマン……それ以外は――そっちは何も問題ないか？」

「大丈夫です、グレーンスさん。それにしても、近ごろは俺と同じくらい嘘が下手《へた》になりましたね。その件についてはあらためて」

ピート・ホフマンは沈黙した電話を強く握りしめた。答えを促すかのように。グレーンスは嘘をついた。それは確かだ。ヒューゴーは警部のとなりに立っていて、三カ月も会っていない父親と話すのを拒んだ。

おそらく、三カ月も会っていないことが理由で。

ヒューゴーも自分と同じくわかっている――俺がいるべき場所は向こうだ。ここではなく。

「どうしたんだ、コズロウ？」

フランクは、円形競技場の誰も座っていない何千もの座席のひとつで待っていた。ここ、ここよりもずっと暑い場所で。石の遺跡の内部には、ほとんど風が吹きこんでこない。

「おい、大丈夫か？　そんなに途方に暮れた顔して」

ピート・ホフマンは答えずに、デンマーク人の友人の横に腰を下ろした。彼には関係のない話だ。

途方に暮れた顔をしているのは、途方に暮れているからだった。

失うことに対して。

仕事の均衡を失う――まともな準備もせずに潜入したことで、ばれるのは時間の問題だ。それと同時に、家族の均衡を失う――ソフィアに対する嘘とヒューゴーの不信感によって。つねにふたつの世界を行き来して新たな力を蓄えていたホフマンは、休息をとって、ふたたび働きつづけるために、少なくともどちらか一方の世界にどれくらい留まるべきか、いつでもわかっていた。

「さっきも訊いたが、コズロウ、いったいどういうことなんだ。なんでここにいる？　家じゃなくて――その予定だったはずだろう、スナイパーライフルをあちこちに向けて走りまわるんじゃなくて。いいかげん質問に答えたらどうだ」

フランクは無鉄砲な男だ。虚《むな》しさを混乱で満たそうとしている。

だが、馬鹿ではない。

それに感じる力も失っていなかった。それどころか、敏感すぎるほどだった。

「これがなんなのかだって、フランク？」

「ああ」

「正しいことをしてるだけだ」

「正しいこと？」

「俺たちは食糧輸送隊を警備して金を稼《かせ》いでる。そして、実際に穀物が目的地に到着したときには、希望も運んでいる。だが、その穀物を破壊する者は、まったく逆のことをして稼いでる――希望を奪ってるんだ。それがやつらのビジネスだ。飢えた人たちは、絶望を感じて逃げ出そうとする。あのトリポリのドイツ人。あいつは前回の襲撃で組織に関わっていた。ひょっとしたら、いままでの襲撃でも」

いま、彼らのほかにこの史跡にいる観光客は、若いリビア人のカップルだけだった。ふたりは手をつないで柱のあいだを歩き、それらを分厚いガイドブックの写真と見くらべ、千年以上昔のでこぼこを指先でなぞり、近づいてきて写真を撮ってほしいと頼んだ。彼らが緑の海を臨む窓のような入口の前でポーズをとり、礼を述べて、円形競技場の上階へ向かうと、フランクは続けた。

「ということは、あのドイツ人は……あんたの言うとおりだとしたら……襲撃に一枚噛《か》んでたというわけか？」

「そうだ」

「なんで知ってるんだ？」

「直感だ——俺を信じるか？」

フランクはゆっくりと息を吸ってから吐いた。二度。そしてホフマンの目を見る。うなずいた。

「よし、信じよう。で、どうする？　まだ俺に用があるんだろう？　何をすればいい？」

「チュニスまで行って、俺の古い知り合いを訪ねてほしい。車で片道八時間だ」

「誰だ？」

ピート・ホフマンは、これまで仕事をした世界各地で人脈を築いてきた。いわゆる仲介者だが、本人たちは〝駅長〟を自任している——公式のルートでは手に入らない物が流れてくる駅のような場所を管理し、匿名《とくめい》の買い手と売り手の取引をとりもつのだ。

「チュニスに着いたら、〈ル・グラン・カフェ・ドゥ・テアトル〉に行って、いちばん奥のテーブルでコーヒーを飲むんだ——黄色いパラソルと大きな観葉植物の陰になった席で。いつも混んでいて、いろんな人種の客がいるから、あごひげをたくわえたデンマーク人がいても誰も騒ぎたてたりしない」

　故郷のストックホルムにいたころは、深夜にフォーフェンガンという小さな崖へ行き、そこで、車のトランクの陰で、翌日の犯罪行為に必要なものをロレンツという男から買っていた。コロンビアの駅長はセサルという名の男で、ボゴタにある〈スーパーデリ〉という落書きだらけの食料品店で働き、武器や自動車爆弾を売ったり、死体にタトゥーを入れたりもしていた。ここではロブという男で、チュニジアの首都のカフェが窓口だった――電光石火の早業《はやわざ》で自動翻訳機やウェブカメラの入った道具袋を準備して、飛行機のチケットを取らずに目的地までヘリコプターを飛ばしてくれた、例の南アフリカ人だ。

「ロブのほうから声をかける――おまえは探す必要はない。彼はおまえのテーブルに座って紅茶を飲む。天気の話でもすればいい。カップが空いたら、彼は椅子の上に黒い袋を置いていく。中身は爆導線が三百メートル、GSM制御の起爆スイッチが二十個、それにラドム（ポーランド製の大型自動拳銃）が一挺。金は支払い済みだ。ズワーラに戻ったら、二、三日、あるいは俺がゴーサインを出すまで待ってくれ。それから俺の指示する場所に袋の中身を置いてもらう。ちなみに、銃はおまえのものだ。必要になるかもしれない」

　フランクの色白の顔は、明るい陽射しの下で、すでにうっすらと赤くなっていた。おかげで、たとえ彼が待ちきれなくて興奮していたとしても、頬の色では判断できなかった。

だが息遣いと目つき、それに上半身を反《そ》らすしぐさを見ればわかった。

「おい、コズロウ――あんた、食糧輸送隊の警備を始める前は何やってたんだ？」

「知らないほうが身のためだ」

その言葉にフランクは底知れぬ混沌を聞き取った。人生を聞き取った。

そして期待に満ちた目でにやりと笑うと、スウェーデン人の友人に腕をまわした。

「そのとおりだな、コズロウ。知らないほうが身のためだ。知ってるのは、あんたの奥さんと、あとは数えるくらいだろう？」


「ここで何してるの、エーヴェルトさん？」

ヒューゴーは、父親の声が聞こえる電話を学校の廊下の埃《ほこり》っぽい空気にさらされるままにした。グレーンスが――どんなに厄介《やっかい》な状況になろうと、けっして嘘はつかないと大昔に決意したにもかかわらず――嘘をつかざるをえなくなるまで。電話を受け取らずに立っているヒューゴーを、すでに立ち去ったことにして。

「もう一度アマドゥに話があったんだ。きみのママにも」

「ママはエーヴェルトさんのことを怒ってるよ」

「知ってる。本人から聞いた」

「僕のことも怒ってる」

「それは違う。お母さんは、この世で誰よりもきみとラスムスを愛してる」

「うん。だけど、僕に怒ってる。エーヴェルトさんに怒ってるのと同じで。僕たちだけが、パパのほんとのことを言ってるから」

少年の片方の肩に掛かったバックパックには、ネームタグが縫《ぬ》いつけられていた。

〝HUGO〟――誇らしげな大文字で。

「ほら、エーヴェルトさん」

ヒューゴーはバックパックの文字を上から書き直すように指でなぞった。

「ほんとはヴィリアムって書かなくちゃいけないんだよね？　好きじゃなくても。僕もエーヴェルトさんも、そのとおりだって知ってる」

警部は少年のバックパックを少しかたむけ、何も言わずにじっくり観察した。

「何がそのとおりなんだ、ヒューゴー？」

「ヴィリアムだよ。ヒューゴーと同じくらい長くいっしょにいた。だけど、いいよね？

そう書いてあっても」

「何がいいんだい？」

「僕たちだけの秘密があるってこと。名前の」

「俺がエーヴェルトって名前が好きじゃないってことか？」

「そう。エーヴェルトさんは自分の名前が好きじゃなくて、僕はヴィリアムって名前が好きじゃなかったってこと。先生だって知らないよ。それがずっと僕の名前で、ヒューゴーを忘れそうだったって。だから、もうヒューゴーは好きじゃないんだ。パパもママも知らない。エーヴェルトさんだけだよ。僕がエーヴェルトさんの名前のこと知ってるのと同じで」

　ホフマンと話して、金属の箱に閉じこめられた人々が数字や利益に変換されたことを知らされたときには、グレーンスはめまいを覚えた。壁にもたれて身体を支えなければならなかった。そのめまいを、またしても感じた。そのうえ、なじみのない感覚が割りこんでくる。男の子に対する親近感。はっきりと助けを求める声に耳をかたむけ、応えなければならない責任感。

「さっきはパパと話したくなかった。もう朝も話したくない。電話がかかってきても。ずっとそうだった。朝ごはんのときに、テーブルに電話を置いて。話をしてたんだ」

　グレーンスはバックパックを元の位置に戻し、少年の細い肩にしっかり掛かるようにした。

「俺は知ってる、お父さんはきみと話したいと思ってるんだ。だからヒューゴー、次はぜったいに話したほうがいい。お父さんは喜ぶぞ。それから、たまには俺とも話してくれるとうれしい。いつでも電話してくれ」

警部は時計に目をやった。それが掛かっている壁と同じくらい古く、茶色の文字盤に、凝った装飾の長い針が分と時間を示している。アマドゥと、喜びの顔を描いている画家のいる教室に戻らなければならない。命を失った身体をばらまいている組織のメンバーの顔を描いている。

「たしか、きみは自分の電話を持ってたな。ラスムスは持ってないのか？」

「僕だけ」

「番号は？」

「僕の？」

「そうだ」

「〇。七。三。九。三。二。七。七。七。八。八」

グレーンスは背を向けた。何をしているのか、ヒューゴーに見られないように。

電話が鳴って、少年が出るまで。エーヴェルトの声を聞くまで。

「もしもし、ヒューゴー。これできみも俺の番号がわかった。登録しておいてくれ。そうすれば、いつでも好きなときにかけられる」

そしてグレーンスは、弾むように廊下を駆けていく足取りを見送った。

ヒューゴーが振り向いて手を振ると、グレーンスも振りかえした。

ちょうどそのとき、彼の電話が鳴った。政府機関の番号のようだ。もう一度、学校の時計の装飾的な針を見て、話をする時間があるかどうかを確かめた。

「グレーンスだが」

「トール・ディクソンです。先日の件で……」

「ああ、わざわざすまない。何かわかったか？」

グレーンスが毎朝、警察本部まで歩いていくような気軽さで世界を旅する、灰色の虹彩をした外務省の役人。

「お尋ねの連絡先がわかりました。ニジェール出身の若い男女の。アリソン・スレイマンとイドリス・クリバリの家族です。すぐにメールで送ります」

死亡告知。

警部の日常生活の一部だ。

六十四歳になるまでに、エーヴェルト・グレーンスはその悲痛な知らせを何百回となく伝えてきて、こうしたメッセージには別の働きがあると気づいた——命を失った者に死を取り戻してやることだ。

「ありがとう。あんたが思っている以上に価値のある情報だ。いまから、このあいだ話した例の少年に会いに行く。それを聞けば、いくらか孤独が和らぐだろう」

「礼には及びません、警部さん。お互い、政府のために働いている身ですからね」

「ひとつ借りができた」

グレーンスが教室のドアを開けると、ふたりは彼が出てきたときとまったく同じ態勢で座っていた。アマドゥは机に肘《ひじ》をつき、やや前かがみに、似顔絵画家は左手に鉛筆を持ち、顔の仕上げに取りかかっていた。

グレーンスは足音を忍ばせ、ふたりの真剣な共同作業を妨げないよう細心の注意を払った――アマドゥは画家に訊かれなくても次から次へと特徴を説明している。離れたところからのぞくと、似顔絵はよくある幽霊の絵を思わせた――当たり障りがなく、客観的で、感情を排して描かれている。九歳児のコラージュを見ながら、ふたたび教室を歩きまわるうちに、その印象はますます強くなった。思い思いの人や怪物の絵のほうが、よっぽど恐ろしく見える。ドイツ人の名前や、九名のオーナーによる利益分配方式を示す書類とともに、現実的かつ非現実的な大量殺人の最大の手がかりとも言うべき人物よりも。

エーヴェルト・グレーンスが同じ週に二度も墓地を訪れるのは、めったにないことだった。だが、彼女に会わずにはいられなかった。たとえ彼女が白い十字架の下に横たわり、この世に存在することをやめていたとしても。この数日間で、あまりにも多くの死と遭遇し、あまりにも多くの子どもに信頼を寄せられたせいで、壁以外に身体を預けるものが欲しかった。自分の中でぐるぐるまわっているものを止めるつもりならば。

彼とアンニは、いつも分かちあっていた——人生と子どもと死を。

昼食が終わるとすぐに、警部は幽霊の絵を丸めて円筒型の図面ケースに入れ、アマドゥと似顔絵画家に別れを告げた。似顔絵はスキャナーでコンピューターに読みこまれ、何回かクリックするだけでデジタルファイルに変換される。その後、全国の警察官や税関職員、さらには数多くのバスやタクシーの運転手にも送られるだろう。墓地のベンチに座り、プレートに彫られた彼女の名前——アンニ・グレーンス——を何度も何度も読みながら、彼は似顔絵を大手新聞社に送るべきか悩んだ。正直なところ、これまで新聞記者とうまくやってきたとは言いがたく、つねにひとつのルールを自分に課してきた――なるべく少ない事柄について、なるべく少なく話す。だが、ときにはマスコミが便利な道具となるのも事実だ。時間が限られている場合は。あるいは感情が手に負えない場合。そして彼自身、この狩りを長く続けられないことはわかっていた。なにしろ、胸の中で多すぎるスペースを占めている。すでに激しすぎる鼓動に耐えがたくなっているというのに。

グレーンスは白い十字架の上部を撫《な》で、いつものように彼女にほほ笑みかけてささやいた。きみがもうここにいないのはわかっているが、そんなことはどうでもいい。そして芝を突っ切って、車を駐《と》めてある墓地の北側の入口へ向かった。

夜にミーティングを行ないたいから残っていてほしいと、ヘルマンソンには伝えていた。ノックをしてオフィスに入ってきたヘルマンソンは、彼とは対照的にエネルギーに満ちていた。グレーンスに家族はいない。祖父になってほしいと頼む子どもたちと数時間いっしょにいただけでは、家族を持ったことにはならないともわかっていた。だが、この建物で長年いっしょに過ごしてきたふたり。マリアナ・ヘルマンソンとスヴェン・スンドクヴィスト。忠実かつ有能で、思いやりもある。ふたりは家族も同然の存在だ。

「おそらくホフマンの推測どおりです、警部。彼が送ってきたものから、いくつか事実が

日	単位	行程 2+3+4	zuw1 12.5%	zuw2 12.5%	lam. 5%	sal. 8%	ACC 15%	bank 5%	gda 8%	trans balt 7%	CC 25%

判明しました」

ヘルマンソンはその日の大半を費やして、ファイルの分析および調査にあたった。学校の廊下と北アフリカの海辺の町とをつないだ会話のあとに、グレーンスから転送されたものだ。

「たとえば、この部分。見てください。右上のタコのマーク」

彼女は入ってきたときにファイルを手にしていたが、それを開き、がたがたしたコーヒーテーブルに中身を広げた。すり切れたコーデュロイのソファーや壊れかかったカセットプレーヤーと同じくらい長く、このオフィスにあるテーブルだ。

「どのページにも同じマークがあります。ホフマンが、組織の名前と関連があるのではないかと考えているものです」

彼女は小さな黒いタコを赤いペンで囲った。何重にもぐるぐると。さらに太い撚《よ》り糸で縛ろうとするかのように。

「利益が分配されているのは九名で、そのうち一名――CCというコードネームの人物――が最も高い二十五%を受け取っています。九名。ここまではいいですか、警部？　タコには足が八本あります。プラス頭。八本の足が実際に仕事をして、頭が考える、指揮をとる。CCが組織のトップなんです」

「申し訳ないが、ヘルマンソン、トップには興味がない。トップを捕らえる栄誉は、のちほどヨーロッパの同僚に譲るとしよう。俺の関心は、もっぱらスウェーデンの窓口役だ。そいつを見つけたい」

「わかってます」

「わかってる？」

「ええ、警部。文字どおり。私の考えでは、CCがトップです。でも、同時にスウェーデンの窓口役であるとも思います」

エーヴェルト・グレーンスは大柄だ。狭い空間で動くと、大きなスペースを占める。その彼がコーデュロイのソファーから立ち上がり、デスクと窓のあいだを行ったり来たりしながら、どうにか答えを導き出そうとする。

「スウェーデンの窓口役──それがトップだというのか？」

「はい」

「なぜだ？」

警部は窓のところでひとまず足を止めた。その場所からだと、ヘルマンソンと視線を合わせやすかった。

「ピート・ホフマンは、ほかの点についても正しいと思います。私もホフマンと同意見です。zuw1とzuw2は合計で二十五％を受け取っていますが、この書類をくわしく見れば見るほど、このふたりが船の出航するズワーラでの責任者に思えてなりません。そして、これもホフマンと同意見ですが、例のドイツ人、トリポリでの会合で名前と顔が明らかになった男は、この犯罪ネットワークのリーダーのひとりにちがいありません」

「なぜだ？」

マリアナ・ヘルマンソンはにやりとした。警部の短気な性格は六十四歳にもなっても変わらない。そこで彼女は、あえて間を置いた。グレーンスはすぐに繰りかえすだろう。

「なぜだ、ヘルマンソン？」

もう少し待とうかと思った。

だが、それはまた別の機会に。

ヘルマンソンはいつか彼を訓練するつもりだった。

「ホフマンからの情報で、旅は四つの行程に分かれていることがわかっています。密航組織は第二、第三、第四行程の料金を受け取っている。彼らの売りは、最終目的地を客に選ばせることです。ほかよりも利益を多く受け取っている、ＡＣＣやＣＣと名乗る人物こそが、そうした最終目的地の窓口ではないでしょうか——ドイツとスウェーデンの。そう考

える と筋が通ります。取り分の多い人物が、旅の起点と終点にいる。中間のグループは額が少ない。そして——タコの頭、つまりトップであるコードネームCCは、みずから北アフリカまで行って、他のメンバーに会う危険を冒すような真似はぜったいにしないはずです。たしかに初期の段階では、そうしたことはトップの役目です。さまざまな人物と接触して、権力構造を築く。ですが、最終段階で動くのは副司令官です。たとえばドイツ人。利益の十五%を受け取って、ACCと名乗っている」

彼女の話を聞きながら、エーヴェルト・グレーンスはふたたび歩きはじめていた。行ったり来たり。行ったり来たり。

「もしきみの言うとおりだとしたら、ヘルマンソン」

窓に近づくたびに、荒い息遣いがガラスを曇らせる。

「もし組織全体がここから始まっているとしたら」

戻ってくるとデスクにぶつかる。

「もしあのコンテナの惨状を引き起こしたのが……」

その昔、ヘルマンソンが新任警察官として加わった麻薬密売の捜査で、はじめてエーヴェルト・グレーンスに会ったときには、警察本部で最も非公式な力を持つとされる警部は、つねに怒っていて、つねに周囲を気まずくさせたものだった。だが、それも長くは続かなかった。負傷と妻の死が自分のせいではないと気づいて受け入れて以来、彼はその強情ともいうべき攻撃性をめったに解き放たなかった。

「……もしそいつらが、ヘルマンソン、命と死を奪ったやつらが……」

だが、いまは解き放った。

ヘルマンソン――けっして逃げ出さず、彼にたてつくことが許されている唯一の存在――でさえも恐れをなすほどの激しい怒りとともに。

「……もしやつらがここにいるとしたら、ヘルマンソン、スウェーデンに……ちくしょう、そのタコの足を一本切り取るだけで満足すべきだと思っていたが。もしきみの言うとおりなら、なんてこった……」

次の瞬間、彼は曇った窓ガラスに突進した。

乱暴に開けた。

そして誰もいない警察本部の中庭に向かって叫んだ。

「……頭を切り落としてやる。朽ち果てるがいい！」

その叫びは外に響いた。弱々しく。

遠くの声が鳴りやむまで。

完全に静まりかえるまで。

ヘルマンソンは上司が震えているのに気づいていた。その背中や肩は、吐き出されるべきものをこらえていた。彼のこのような姿は、一度しか見たことがなかった。妻のアンニが亡くなった日に。

「どうしたんですか、警部？」

ヘルマンソンは彼が触れられたくないのを知っていた。だから、そのままにしておいた。触れるべきだとわかっていながらも。

「警部？」

彼は窓を閉めた。振りかえった。

「よく……わからない」

たぶんあの女《ひと》がここにいるからだと、ヘルマンソンは思った。だから思いきって自制心を失ったのだと。

エーヴェルトは彼女に頼りきっているから。彼女の前では、ちっぽけで無防備な存在にすぎないから。

「とうとう……心のダムが決壊した。押しつぶされて、粉々《こなごな》に砕けても、どうすることもできない。手をくわえて見てるしか。今回の大量殺人も……この四十年間で捜査した二百三十二件の殺人事件も……突如現われた、あの七十三人も、もう受け止めきれそうにない」

彼は来客用の椅子へ行き、腰を下ろした。

「ときどき、マリアナ……」

沈みこんだ。

「ときどき、彼女が恋しくてたまらない」

ふいにぐったりしたように口をつぐんだ。

会話が終わったのは明らかだった。

外側では。内側では、まだ続いている。

マリアナ・ヘルマンソンは何も言わずに、コーヒーテーブルに書類を置いたままにした。警部はあとで目を通すだろう。よくそうしているように、オフィスに泊まり、捜査資料を読んで、コーデュロイのソファーで数時間仮眠するにちがいない。ホフマンの送ってきた名前と写真をもとに、ドイツの警察が捜査を開始したことは黙っていた。あの幽霊の実物を見たと思いこんでいる全国の目撃者から、ひっきりなしに情報が寄せられていることも。各警察本部に注意を呼びかけ、インターポールの大量の指名手配者リストに照会をかけたことも。解剖技術者に関する捜査で、きわめて興味深い事実が判明したことも。あの穏やかで親しみやすい顔の下には、まったく別の女性が隠れていた。ほどなく、そうした資料にすべて自分で目を通すだろう。だからヘルマンソンは、彼の腕に手を置き、一瞬、頬にも触れて、明日はさらに犯人に近づくはずだとささやいた。

海は周囲の闇と同じくらい黒く、乱れていた。

午前零時まで、あと十二分。

出航まで。

いつ沈没してもおかしくない漁船に、武装した見張り役として乗りこむ初航海まで。

ピート・ホフマンは、人間がこれほど無下《むげ》に扱われるのを見たことがなかった。定員が十分の一以下の船に詰めこまれた四百八十四人。絶望するあまり、溺《おぼ》れ死ぬ危険を覚悟で飢えから抜け出そうとする人々。

彼らは倉庫から出され、港一帯に長い行列をつくった――ズワーラの夜にまぎれて動かないヤスデのように。最初のグループは、がたつく木のはしごを下りて、狭い積荷スペースに詰めこまれた。残りは甲板に押しこまれ、さらに場所をつくるために、これでもか、これでもかというくらい手すりに押しつけられ、最後の一団を無理やり乗せるために、痩《や》せ細った背中に鞭《むち》が容赦なく振り下ろされると、ホフマンは持ち場を離れた。

「それくらいにしておけ」

すばやくオマールに歩み寄る。記録破りの収入をもたらす、この記録破りの船を監視するために、今日の午後、トリポリから戻ってきたのだ。

「なんだ――コズロウ?」

「それだよ」

「どういうつもりだ、ホフマン、はじめての船で俺に指図するとは。自分が首の皮一枚でつながってるのは知ってるだろう」

「鞭は必要ない」

「これがいちばん効果的だ。隙間なく詰めこみたければな」

「動物を運ぶんじゃないんだ」

オマールは鞭を掲げ、ホフマンの目の前でこれ見よがしにぶらぶらさせた。

「ああ、やつらは動物じゃない、コズロウ。重りだ。そして俺たちの仕事は、船が沈まないぎりぎりの線まで、できるかぎり多く乗せることだ」

そう言うと、オマールはまたしても鞭を振るった。手本を見せるように。砂利だらけの港のアスファルトで数回、続いて、波止場と船のあいだで前にも後ろにも動けない人たちの背中で何度か。

空気を切り裂く音。

牛追い鞭。

そうにちがいない。

「ちなみに」

オマールは引っこんだあごを手の甲でこすった。

「おまえは誤解している、コズロウ。やつらは動物だ。ただし、ひとつだけ違いがある——牛は金にならない」

もう何年も前、ピート・ホフマンが少年院にいたころに、彼の問題は衝動抑制の欠如に基づいていると精神分析医から言われたことがある。だから暴力に対して先に身体が反応し、その後にじっくり考えるのだと——信頼できないすべての物や人に対して。だが、それは昔の話だ。潜入捜査員としての生活から、逆のことを学んだ。何もかも呑みこみ、内に留め、衝動抑制にものすごく長《た》けた者だけが持つ力で一度だけ反撃に出るまで待って、待ちつづける。それゆえホフマンは、引っこんだあごに向かって、ただにやりとしてうなずくと、鞭で船に追い立てられている現金の山を想像しようとした。会計士が数え、記録して、金庫に入れる現金。その金庫の暗証番号は、明日の朝には、こっそり仕掛けたウェブカメラに記録されているだろう。

午前零時を数分過ぎてから、船は出航した。

航海中の居場所は、昨日、港を見学した際に決めていた——操舵室の屋根に座るつもりだった。船長はその下の室内に、もうひとりの見張りは狭い甲板の先の船首にいる。ホフマンはその理由を、追いつめられてストレスを受けた、予測不可能な人間の群れが最もよく見えるからだと説明した。

それは事実だった。

だが、そこは首筋や喉《のど》、頬に他人の息がかからないだけの余裕がある唯一のスペースでもあった。

誰にも邪魔されないのは、ちょっとした柵のような低い金属の縁に囲まれた、ここだけだ。電話を取り出しても見られる恐れはない。任務——難民の見張り——を行ないつつ、本来の目的——金庫の監視システムを電話でチェックすること——を果たせるのは、ここだけだった。

スケジュールによると、北へ五時間進み、対岸の石油掘削装置——厳密にはイタリアでありヨーロッパ——に近づいたら、荷物を全部投げ捨ててから引きかえし、五時間後にはズワーラで空《から》の船の錨《いかり》を下ろす。弾を込めたライフルを腿《もも》に置いたまま、ホフマンは遠ざかる港を振りかえり、あと数時間は眠らない沿岸都市の街灯やレストランが見えなくなるまで、じっと見つめていた——ふつうの人がふつうの生活を送るあいだに、四百八十四人の人間は、真っ暗な海に乗り出す暗い漁船で決死の旅に出た。

下を見なければ。まっすぐ前だけを見て、黒い海と黒い空のあいだに視線をさまよわせていれば。しばしのあいだ、どこにでも行くことができた。好きなだけ時間を手にすることができた。

だが、そうはいかなかった。

ホフマンは漁船の操舵室の屋根に座り、人々を見張っていた。旅の目的地まで、あとわずか数分のところまで来ていた。果てしない海の真ん中で、陸はどこにも見えない——そこで船を停め、甲板の下の箱に空気を抜いて詰められたゴムボート十艘《そう》を下ろす。ボートは海面に着水すると自然にふくらむ。大人二十五人乗りのゴムボート。今夜はそれに倍の人数を乗せなければならない。

旅のあいだ、ピート・ホフマンは二重の任務をこなしつづけていた——揉《も》みあう人々をおとなしくさせるために、怒鳴りつけ、銃をちらつかせもした。その間も、脚の横に置いた電話の画面を定期的にチェックし、昨晩のように、会計士が少し早く仕事場に来た場合に見逃さないよう注意を怠《おこた》らなかった。

やがて、目的地に到着した。

ディーゼルエンジンの鈍い音が静かになった。いまは船を浮かばせておくことだけが役割だ。そのときになって、ホフマンは船の喫水線《きっすいせん》が危険なほど高くなっていることに気づいた——力強く前進する動きによって水がかきわけられなくなったため、積荷が重すぎて、ほとんど沈みかけているのだ。

女性はあまり多くなかった——三十人といったところか。古びてぐらぐらする縄ばしごで、黙って集中しながら一艘目のゴムボートに下りていく。次は同じくらいの数の子ども。大きな子が小さい子の手をしっかり握り、最後に父親たちが、ひどく怯《おび》えて泣き叫ぶ赤ん坊を海に落とそうとするかのように手すり越しに差し出す。見かねたピート・ホフマンは操舵室の屋根を離れ、人々に押しつぶされそうになりながら、小さな子どもは途中まで抱いて下り、ボートから伸ばされる腕に渡したほうがいいと説明した。

残りのゴムボートに男たちが乗りこむ段になると、あちこちで喧嘩《けんか》が始まった。全員がいっせいに自分の場所を確保しようとしたため、ホフマンともうひとりの見張りは何度も乱暴に割って入らざるをえなかった。やがて、疲れて腹を空かせて怯えた難民たちは、動物のような扱いを受けて動物も同然となった。

彼らが六艘目のボートに乗りこむと、船長が中断を命じ、ふたたびエンジンをかけた。船長は数百メートル東に船を移動させ、そこで残りの四艘のゴムボートを海に投げこんだ。ピート・ホフマンは屋根の上の定位置に戻り、座って電話の電源を入れた。その瞬間、ズワーラにある本部の入口の外に仕掛けた一番目のマイクからアラームが送られてきた。

パチパチという雑音が、はっきり聞き取れる音になる――鍵のかかったドアが開く。続いて階段を上る足音。足の裏全体を下ろすような重い足音もあれば、靴の裏が石の踏面《ふみづら》に触れるだけの軽い足音もある。入口の内側に仕掛けた次のマイクに引き継がれるまで。ふたたび足音。声。女性の声、会計士にちがいない。そして男性の声、やや高めの。オマール。さらにふたり。オマールより低い声。ボディガードのコンビだ。ホフマンは時刻を確認した――五時二十分。始動が早い。

それ以降、マイクの音声で彼らの動きが手に取るようにわかった。

あたかも、あの大部屋にいっしょにいるかのように。

紙幣計算機の上部のトレーに札がこすれる音。札が一枚ずつ数えられ、束にされる連続音。札束を取り出す際に下部の引き出しが軋《きし》む音。

シガリロ（紙巻き煙草と同じくらい細い葉巻）のもうもうとした煙が、シーリングファンのほうへゆっくりとまわりながら立ちのぼる光景が目に浮かんだ。

紙幣計算機が静かになり、最後の札が取り出され、帯封で束ねられると、ピート・ホフマンは電話のプログラムを切り替えた——音声はもうじゅうぶんだ。次は画像を見たい。これから会計士は金庫室へ向かう。金庫を開け、装甲艇が中身を回収しに来るまで、この船の旅の利益を保管する。

映像は鮮明で、電話の画面全体に表示された。

待つ必要もなかった。

会計士の手が画面の端から端へと動き、最初の数字を入力する際に、人差し指と中指にはめた指輪がきらめいた。

4。

そして次。

5。

そして次。

2。

ひとつずつ、合計で八回、金庫のボタンを押した。

ホフマンは上甲板に立ったままの二百人近い男たちに目を向け、次に手すりのところにいる仲間の見張り、そして下の操舵席にいる船長を見ると、インスタントコーヒーの入った汚い磁器のカップに、小型のガスストーブで沸かした湯を注ぐのに気を取られていた。

誰もホフマンの動作に気づいている様子はない。

彼は電話を閉じて電源を切った。

これで金庫の暗証番号が手に入った。

デリラ。

近ごろはその名前で通っていた。

かの有名なアリアで男を狂気に追いこむ女。聖書に登場し、みずからの民族のために男に罠を仕掛ける。

一方で、花の名前のような響きもある。美しい花。だから、ほんとうに美しくなるまで、自分は美しいと信じることにした。

本来は、こんなふうに朝早いのは好きではなかった。だが、満員の漁船が出航したあとは、夜明け前に起きるのも苦ではない。長年のうちに慣れてきて、一日を目いっぱい使い、人生を有効に活用するようになった。

最後の札束は下の棚に収まった。三週間半の収益を数えて詰めると、金庫は満杯になった。二千五百万ドル。出航はあと一回、三日後には来月分の現金を保管するために金庫は空《から》にされ、中身はジャズミンに送られる。地中海南岸の難民組織からの現金輸送に特化した警備会社に守られて。

汚れた金をきれいになるまで洗浄する。

それがジャズミンの仕事で、洗浄された資金は、マルタのロンバード銀行から、さらに他の口座へ送金される。

ふたりは無条件に信頼しあっていた——片や、ズワーラ出身の若い女性。両親を目の前で政府軍に撃ち殺され、その権力を自分に取り戻そうと誓った。片や、同じように若く、同じように両親のいないアルジェの女性。ケンブリッジ大学でルームメイトになって以来、互いの信頼関係は続いていた。夢見る勇気さえなかったようなチャンスを手にした、奨学金で学ぶふたりの外国人。国際経済学の学位を取得して卒業後、パリの同じ銀行で数年間働いた。彼女とジャズミン。相応の報酬を得て、出世コースを突き進んだ。だが、なんとなく満足できなかった。育った環境とはくらべものにならないほど、不自由のない生活をしていたにもかかわらず。彼女はさらに上を望んだ。はるかに上を。ファラーからデリラに名前を変え、美しくなると誓ったのは、そのときだった。毎年、リビア各地の港から十七万の移住者がアフリカを出ていく。年々増えつづける移住者を送り出す組織のリーダーのひとりとして、当初は、十二・五%の取り分で五年も働けばじゅうぶんだと考えていた。

商品――人、難民――の流入量が変わらなければ。新たな人生に対する欲求と権利のバランスが変わらなければ。五年、それで自身の役目を終え、永遠に手を引くつもりだった。
彼女は日数を数えた――毎日。あと七百十二日。
金庫の扉はなかなか閉まらず、いつものように両手で押して、きちんと閉じた。八桁《けた》の暗証番号を知っているのは、ふたりだけ。彼女とオマール。彼女は財務および契約を担当している。この港湾地域でも他の重要な場所でも、自由に働くための必要条件だ。オマールは警備担当で、ともに最も重要な足として組織に貢献していた――ふたりがいなければ、船が出航しなければ、他の足はもちろん、組織の頭にも利益はもたらされない。
金庫室を出ると、オマールの笑い声が聞こえた。長くてよく響く声。感じのよい笑い方だった。魅了されるような。包みこまれるような。煙草《たばこ》の煙が立ちこめるなか、ふたりのボディガードにはさまれ、机に足をのせて座っている。お決まりのポーズだ。この数年間で、彼のことがよくわかるようになった。最初は不機嫌にも思えた態度は、たいていの場合、昔気質《かたぎ》の親しみの表われだ。嘘をつかない。楽天的。思ったことが表情に出て、わかりやすい。欠点はひとつしか見当たらなかった。金に執着しすぎるのだ。がめついと言えるほど。がめつい人間は愚かになる。彼はがめつさと倹約の境界線を理解していなかった。あるいは、がめついせいで、ときには損をするということも。たとえ値段が高くても、最上のものを買うほうが結果的に賢いということも。ふたりが唯一、大きく対立したのは、互いの担当分野に関してだった。現金の輸送。最終的には彼女の意見が通ったが、毎月の利益を回収する警備会社には、その料金に見合う価値があると、苦労して納得させなければならなかった。料金が高いのは、専門技術と機密保持、信頼性のためだった。価値があるのは目に見えるものだけではないということを、オマールはまだ理解していなかった。

彼女は金庫室を出て、オマールの正面にあるコンピューターの画面に向かった。いつのまにか彼女の専用になったマシンだ。そこで最新の損益計算書が記入されたエクセルのファイルを印刷した——他のメンバーには紙で送ることになっている。プリンターは印刷準備が整うまでに恐ろしく時間がかかり、その後も苛立たしいほどのスピードで一枚ずつ書類を吐き出す。待つあいだに、気がつくといつも将来のことを考えているのは、たぶんそのせいだろう。七百十二日後に始まる将来。他のメンバーと同様に、カタールにある組織の口座に隠された自身の全報酬を自由に使えるようになる日。半分はパリ、残りの半分はニースやカンヌの不動産に投資すると決めていたが、自分のために、ロワール渓谷の不動産業者のウェブサイトを見てまわるのが好きだった。見かけ倒しのリヴィエラやパリは新たに金を稼《かせ》ぐ場所だったが、歳を重ねるならロワールしか考えられなかった。

最後の一部は自分のために印刷し、毎回、ファイルキャビネットのハンギングフォルダーに保管していた。彼女は金庫室に戻り、先端のほうに鋭い刃があって、中間部が細長く薄くなった小さな銛《もり》のような鍵でキャビネットを開けた。

書類の半分を決められた場所に入れ、右側に掛かっているフォルダーを取ろうとしたとき、ふいに手を止めた。折れた隅。ふつうのA4の用紙の、ふつうの隅のように。けれども彼女にとっては、ふつうではない――パターンからの逸脱だった。

彼女の紙は、そんな状態で保管されることはありえない。

スチールのフレームからフォルダーをはずし、その紙を引き出した。折れているだけではない――逆さまに入っていた。同じスペース内にも、キャビネット全体にも、そうした書類はほかにはなかった。どのフォルダーを出してみても、逆さまに入っている書類はない。文字や数字が逆向きになっているものは。

彼女はその一枚を見た。

このキャビネットの半分に保管されている他の書類と同じ様式の表。九グループで分配される割合。出航日、乗客数、旅の各行程の代金。それだけ。この逆さまの書類と他の書類で、異なる点は何ひとつない。

彼女は理解できなかった。

フォルダーを戻すまで。

裏側。真っ白ではなかった。かすかに汚れている。白いものについた、黒い引っかき傷のように。紙は本来の向きとは逆になっていた。いったん抜き出され、別の場所に置かれたか、ひょっとしたら落とされ、それから元に戻されたかのように。

彼女は震えた。不安のせいではなく、怒りで。

金庫の暗証番号を知っているのは、ふたりだけ。ファイルキャビネットの鍵を持っているのも、ふたりだけ。

彼女は大部屋を振りかえった。煙草の煙と、シーリングファンと、ボディガードといっしょに笑っているオマールを。

私を信じてないの？

これだけ長い付き合いでも？

これだけ……。

「どういうこと？」

気がつくと金庫室を出て、彼の前に立ち、裏側が汚れた紙を突きつけていた。

「答えて！」

オマールは心から驚いている様子だった。

「なんだ?」

「どうして私のものを漁ってるの?」

「なんのことだ、デリラ?」

「これよ!」

彼女は書類を裏返した。

「それがどうした? ただの白い紙だろ? なんの意味もないじゃないか」

「あなたが私のキャビネットを開けた証拠よ。私の書類を抜き取って、不注意でついうっかり床に落として、逆さまに戻した証拠」

オマールは足を机から下ろすと、座ったまま背筋を伸ばして、何も書かれていない紙を見つめた。

「デリラ――どういうつもりだ? なぜ俺がおまえのキャビネットを開けなきゃならない?」

「だからいま、それを訊いてるの。なぜあなたが最新の記録を見る必要があると思ったのか」

オマールは彼女を見つめ、紙を見て、ふたたび彼女に視線を戻した。

そして肩をすくめた。

「デリラ、あの部屋はおまえが管理する。この部屋は俺だ。おまえの部屋には無断で立ち入らない——そしておまえも俺の部屋を荒らしまわらない。そう決めたはずだ。俺はちゃんと守ってきた。だから、走りまわってその紙を振りまわすなら、どこかよその部屋でやってくれ」

オマールのとなりに腰を下ろしても、彼女の震えは止まらなかった。

だが、いまは怒りだけが原因ではなかった。

「あなたじゃないとすると、オマール」

ふたりのあいだに書類を置いた手は小刻みに揺れ、それを差す指も震えていた。

「別の誰かが金庫室に入ったことになる。誰かがキャビネットを開けた」

船長が数百メートル東に停泊させた船は、全員が降りるまで、その場で旋回していた。そして疲労に競争や恐怖が加わるにつれ、押し合いはさらに激しい殴り合いになった。すでに縄ばしごを下り、ヨーロッパの沿岸に向けて漂いはじめた者以外は、全員がまだ船にいた。四艘《そう》のゴムボートに、ひとり残らず乗るスペースがないのは明らかだった。ホフマンと仲間は、われ先にと必死の形相で船を降りようとする男たちを脅し、威嚇《いかく》射撃を行ない、暴力も辞さずに押しとどめた。だが、最後のゴムボートが縁までいっぱいになったとき——人々は折り重なり、互いにもたれ、しがみついていた——真の意味でパニックが起こった。

ピート・ホフマンが数えると、さまざまな年齢の十一人が甲板に残っていた。

その一方で、超満員のボートは沈みかけている。黒い水は補強されたゴムの縁の真下まできていた。

「いやだ——降りないぞ！　もう誰も降りない！」

叫んだのは、いちばん前に立っている、ひときわ背の高い男だった——ところどころ英語交じりのフランス語で訴える。

「満員だ。満員！　俺たちは金を払ったんだ。座る権利がある。だけど、もう場所がないじゃないか！」

男も気づいていた。ホフマンが気づいたこと、その場にいる誰もが知っていることに。五時間前に突き飛ばされ、鞭《むち》で追い立てられて船に乗った、最後の十一人の難民——記録破りの数の貢献者——は、すでにあふれかえったボートに乗るには多すぎる。

「さっさと降ろせ！」

船長が操舵室から顔を突き出し、ホフマンと仲間に怒鳴った。

「そいつらを降ろすのはおまえらの仕事だろう。でないと帰れないぞ！」

張りだった。


ホフマンはあいかわらず操舵室の上にいたので、縄ばしごに近いのは、もうひとりの見
　彼は説得にかかった。

「聞こえただろう──早く降りろ」

　それと同時に、船に残った難民の代表者に自動小銃を向けた。

「でないと、まずおまえを撃つぞ。それから残りのやつらだ。みんなに伝えるんだ」

「ぜったい降りない。誰も。死んじまう！　ボートに乗ってるやつらも死んじまう！」

　そのとき、十二、三歳くらいの少年がすばやく前に進み出て、男の真後ろで止まった。ひょろっとして、身体のほかの部分にくらべて足だけが妙に大きい少年は、いまにも飛び出してきて、男をかばおうとしている。父親と息子、ホフマンは瞬時に悟った。ふたりは見るからに一体だった。自分と息子たちが一体であるように。

「もっとゴムボートを出せ。もう残ってないなら、どうにかしろ。あんたらの責任だ！　あんたらの。俺たちはヨーロッパへ行くために金を払ったんだ。海に落ちて溺《おぼ》れるためじゃない！」

　男は全身で間違えようのない強い意志を示していた。頑として動かないつもりだ。息子と同じように。その後ろで半円形の人間の壁となっている、九人の男と同じように。

そのとき、ボートに乗っている男のひとりが縁をつかんでいた手を滑らせ、転落した。荒れた海に。

男は叫びながら両手を振りまわす。皆と同じく、泳げないのだ。

すぐそばに座っていた男が手を伸ばして、がんばれ、がんばれと励まし、三十秒ほどして、溺れかけた男はやっとその手をつかみ、抜けそうになるほど強く引っ張った。彼が落ち着きを取り戻し、叫んだり手足をばたつかせたりするのをやめると、差し出された腕はゆっくりと彼を引き上げたが、ふたたびボートに乗せることはできなかった――もはやスペースがなかったのだ。しかたなく男は、そのままそこに、ゴムの縁にしがみつくはめになり、四つの手がずぶ濡れのTシャツをつかんでいた。

「降りろ！」

もうひとりの見張りは、しばらく注意も銃もゴムボートに向けていたものの、やがて難民のリーダー格の男に向き直った。

「早く」

「無理だ」

「いいから降りろ」

「見ればわかるだろう。もう乗れない。どうやっても。俺と、息子と、ここにいるみんな……もう一艘ボートを用意してくれ」

船長は長身で体格のいい、あごひげを伸ばしたスキンヘッドの男だ。どこにいても目立つ。にもかかわらず、押し問答が続くあいだに、いつのまにか操舵室を出て、誰にも気づかれずに見張りと男のところまで来ていた。

「そのとおりだ」

いかにもその気持ちはわかるというように、船長は男の肩に手を置いた。落ち着きのある堂々とした声が周囲に響きわたる。

「たしかに満員だ、あんたの言うとおり。最後のボートにあんたたちが乗るスペースはない。だったら、こうしようじゃないか——とりあえず俺たちといっしょに来る。ここから五海里のところに別の船がいる。その船長に頼んでみよう。向こうのボートには余裕があるはずだ。それでいいか？」

男も大柄で、その振る舞いは威圧感を与えたが、力が抜けたいまはすっかり小さく見えた。自分の命のために戦い、勝ったのだ。息子はおずおずと笑みを浮かべ、彼を守るように半円形に立っていた九人は広がった。

船長が操舵室に戻ってきた。ピート・ホフマンは、みごとな手並みで争いを収めた彼を褒《ほ》めようと待っていたが、船長はそれを制し、別人のように冷ややかな口調でささやいた。

「あいつらを撃て」

ホフマンは聞き違えたかと思った。

「なんだと？」

「もう少ししたらボートから引き離すから、全員撃ち殺して海に投げ捨てるんだ」

スキンヘッドは操舵室の中に消え、スロットルレバーが押し上げられると漁船はわずかにガクンと動いた。やがて船長が戻ってきて、またしてもささやき声で言った。

「言ったはずだ。時が来たら撃てるように準備しておけと。いまが、その時だ」

ホフマンは操舵室の屋根の端をつかんで甲板に飛び降り、船長の前に着地した。

「ほかに解決方法があるだろう」

「あいつらは片道分の料金しか払ってない。帰りはないんだ。撃ち殺せ」

「俺は危険を感じない相手は撃たない」

ピート・ホフマンは息を吸いこみ、吐き出した。

何度となく、こうした状況を経験してきた。

何度となく、自身の信頼を失わないために人を殺した。何があっても疑われてはならない。潜入捜査員の鉄則。

いま、その状況に立たされようとしている——またしても。意に反して。殺すか。さもなければ正体がばれるか。

スウェーデンのマフィアや南米の麻薬カルテルに潜入していたころの信条を思い出そうとする。

〝おまえか、俺か。

俺は、おまえよりも自分自身のほうが好きだ。だから、自分自身を選ぶ〟

だが、当時は犯罪者が相手だった。同じルールで生きている危険な存在――殺人者、手を血に染めた連中。

いまはそうではない。

彼らは人殺しではない。生きのびたいだけだ。

「ネズミみたいにおとなしい人間は撃たない。俺に考えがある――残った者の帰りの旅費は俺が全額支払おう」

船長は答えずに、まじまじとホフマンを見つめた。かと思うと、ふいに甲板を歩き出した。徐々に足を早めて。しまいには、もうひとりの見張りに駆け寄って、彼の自動小銃を引っつかんだ。

瞬《また》く間の出来事だった。

船長は父親を撃った。

息子を撃った。

そして、残った男たちに対して順々に銃を向けた。

「死体を手すりから投げ捨てろ」

九人とも状況を呑みこめずに、呆然と船長の前に立ちつくしていた。

「こいつらを拾って捨てるんだ」

ようやく言われたとおりにする。

少なくとも彼らの筋肉はそうした。その間、彼らは身を震わせ、何が起きているのか理解しようとしながら顔を見あわせていた。

「それとも、俺がひとりずつ撃つあいだ待ってるか？　順番に投げ捨てるのを」

誰も何も言わなかった。それでも、彼らは応えた。困惑した、恐れおののいた表情で。

九人のうちのふたりが、右のこめかみを撃ち抜かれた十代の息子の遺体を抱え上げ、それぞれ手と足を持って手すりのほうへ運ぶまで。

そして、果てしない深みに落とすまで。

「こいつもだ」

船長は心臓を撃たれた父親を指した。

その身体はずっと重く、四人がかりで持ち上げて手すりから転がした。

「次は、おまえたちが飛びこめ」

またしても全員、押し黙ったまま動かない。

「さっさと飛びこむんだ！」

船長は彼らのほうに向かって発砲しはじめた。

「飛びこめ！　飛びこめ！　飛びこめ！」

最年長は小柄で身体の縮こまった男だった。はっきりとはわからないが、六十歳くらいだろうか。彼の生まれた世界では、永遠にも匹敵する歳月だ。半数が十五歳になる前に死んでしまう世界では。素足は皮膚が薄く血だらけで、船長の弾で手すりの破片が飛び散るにもかかわらず、曲がった足の指ではすばやく避けることができなかった。真っ先に飛びこんだのは、それが理由だったにちがいない。

飛びこみ、沈み、二度と浮き上がってこなかった。

「飛びこめ！」

次はかなり若く、二十歳くらいの若者で、やっとのことで水面に顔を出すと、長い腕で必死にゴムボートに近づき、誰かがその腕をつかんで引き上げたが、ボートに乗ることはできない。

「飛びこめ、飛びこめ、飛びこめ！」

次の男が手すりまで行き、両手を伸ばして必死にバランスをとる。

「泳げないんだ」

「なら、いま練習すればいい。さっさと飛びこめ」

右足のそばに一発、左足のそばに一発、銃弾が木の手すりに穴を開ける。

「飛びこむか死ぬかだ」

三発目が膝《ひざ》の下に命中し、男を引き倒した。彼は海に落ちて藻屑《もくず》と消えた。

ピート・ホフマンは鼻から息を吸いこみ、口から吐き出した。平静を取り戻そうとする際に、いつもそうするように。

彼自身は撃っていない。だが、関係なかった。

何があっても見破られないように――この段階では――彼は口を出さないことにした。組織のリーダーから、やつらの大切なものを残らず奪うために、その死に目をつぶる。毎日少しずつ死んでいく、別のかたちの長い死を味わわせてやるために。

それが正しい選択であることを願わずにはいられなかった。

エーヴェルト・グレーンスは熟睡できなかった。彼にとっては最も安心できる、オフィスのコーデュロイのソファーで夜を過ごしたにもかかわらず。執拗《しつよう》な怒りは頑として去らず、胸から腹、そしてふたたび胸に跳ねかえり、彼が眠りに落ちると、すかさず夢に忍びこんで邪魔をした。午前二時ごろ、そうとは気づかずに起き上がって、例の曇った窓のところへ行くと、誰もいない中庭に向かってふたたび決意を新たにした。あのいまいましいタコの頭をいまいましい足から切り離してやる。それから少しして、三時半になると、暗い廊下の自動販売機でブラックコーヒーを二杯手に入れ、オフィスに戻らないうちに、なかば眠った状態で飲み干した。五時ごろには、ついにあきらめて警察本部を出ると、クングスホルム通りの石段のわきにある新聞の山から刷りたての新聞を一部失敬し、それを持って、絶品のシナモンロールが食べられるフリードヘムスプラン近くの深夜営業のカフェまで歩いた。

電話がかかってきたのは、そこにいるときだった。

その結果、数時間後に新たな窓が開き、三たび激しい怒りを放出するはめになった。今度は、さらに生々しい感情とともに。

「グレーンス警部ですか？」

指令センターの当直からだった。感じのよい声のテキパキとした女性。

「そうだが」

「四十五分前に通報があって、あなたに関係する件だと気づいたんです。つまり、あなたの捜査に」

「それで？」

「グループホームです。エンシェーデ東部の。親と離ればなれになった難民の子どもがいる。施設長の話では、つい昨日、あなたが車で男の子を送り届けたと。それから、おととい も」

「アマドゥ」

「はい？」

「それが名前だ。俺の捜査に関係する少年の」

当直は間を置いた。コンピューターで何かを調べているらしく、キーボードを叩く音が聞こえる。

「そのとおりです。最初の通報で、アマドゥ・スレイマンだと確認されています」

「確認？」

「部屋で発見されたんです。ベッドで」

「なんの話だ？」

「遺体で。死亡しました」

エーヴェルト・グレーンスは、もはや走れる身体ではなかった。二十年近く前に撃たれ、二発の銃弾に左膝を打ち砕かれて以来。あの晩の、ストックホルム西部の炎に包まれたアパートメントと、続く二カ月の入院生活を経て、グレーンスは頑として杖を使わない、足を引きずる刑事として知られるようになった。その彼が、走っていた。痛みも感じず、足を引きずることもなく。警察本部へ、地下の大きな駐車場、そこに駐《と》めてある車へと走った。ヘルマンソンに電話した――彼女は眠っていたものの、グレーンスが数分後に立ち寄るころには、準備を終え、ヴェステル橋のそばにある高層マンションの部屋から出られるとのことだった。続いてスヴェンにも連絡すると、彼はグスタフスベリのキッチンで、ヨーナスの遠足のために弁当を詰めているところだったが、ただちに車に飛び乗ると請けあった。

そのグループホームは、よくあるように、ありふれた住宅街のありふれた家で営まれていた。狭い静かな通りには、どの私道にも車が二台ずつ駐められ、みごとに剪定《せんてい》された林檎《りんご》の木が植わっている。それゆえブルーと白と黄色のパトロールカー四台、鑑識の紺色のバン、カロリンスカ大学病院のロゴマークが入った法医学者の車は嫌でも注意を引いた。目を覚ましたばかりの近隣の住民がバスローブ姿で出てきて、寄り集まってしゃべったり、中をのぞきこんだり、じろじろ眺めたり、あれこれ憶測したりしている。エーヴェルト・グレーンスの到着は、この閑静な郊外の住宅街をかき乱す車を一台増やしただけだった。

その家には寝室が五部屋あり、それぞれに四人の少年が暮らしていた。

最初に現場に到着したパトロールカーには、若い男性と、同じくらい若い女性の警察官が乗っていて、その二名が、グレーンスとヘルマンソンとスンドクヴィストを右側の部屋に案内した。

二段ベッドがふたつ、机とクローゼットと整理だんすがひとつずつ。それだけだった。個性も歴史もない間に合わせの家具、といった印象だ。

彼はベッドに横たわったままだった。窓ぎわの下段に。

アマドゥ。

もはや存在しない、十四歳の少年。

「まだ予備的な検死の段階だが、私の見立てでは、エーヴェルト、興味深いと同時に憂慮すべき状況だ」

ルードヴィッグ・エルフォシュは、いまでもポケットサイズのテープレコーダーを利用してメモを取り、あとで印刷している。

《左側の前腕窩線《えきかせん》に、縁がぎざぎざになった豆粒大の傷口》

最近では、こうした機器はほとんど見かけなくなった。犯罪現場を撮影するカメラも、描写を記録する音声録音機も、気づいたことを書き留めるメモ帳も、すべて携帯電話一台で事足りるからだ。

《胸部およびベッドに少量の血液、およそコップ一杯分》

エルフォシュは全員に聞こえるように、テープレコーダーを掲げた。

《鋭利な物体が左肺および心臓を貫通したことによる損傷と思われる》

この部屋で、ベッドからわずか五十センチのところに立ち、はかなげで希望に満ち、つい昨日までは驚くほど生き生きとしていた顔を見つめながら、それはもはや幻で、実際には血の気がなく、まったく動かない虚《うつ》ろな顔だと述べるエルフォシュの淡々とした所見を聞くのは、奇妙としか言いようがない感覚だった。

「殺害の方法だが、エーヴェルト。犯行手口。大きなナイフよりも効率的に突き刺せる鋭くて細い刃だ。心臓をひと突き。破裂させている。血液ではなく、命を流出させたんだ」

エルフォシュの視線には気づかずに、グレーンスはベッドに向き直り、自分を信用してくれた、かつてアマドゥという名前だった少年を見つめた。そして、そのときはじめて気づいた――白いシーツに、血痕《けっこん》はほとんど残っていない。

「地下道のくぼみで発見された遺体と、まったく同じ方法だ。あんたが〝ガイド〟と呼んでいた男。われわれの記録でも、それが彼の唯一の名前だ」

「同じ方法？」

「同じだ」

「つまり……同一犯ということか？」

「つまり――取り急ぎの検死でも、エーヴェルト――まさしく同一犯だ」

裏庭に古いハンモックがあった。法医学者と二名の鑑識官によって、同僚とともに丁重に犯行現場から追い出されたグレーンスは、そこに寝そべった。揺らすと軋《きし》み、すすり泣くような音を立てた。昨夜の雨でクッションは湿っていたが、ゆったりと揺られるのは心地よかった。とりわけ二十年ぶりに走ったあとでは。

コンテナを開けて以来、彼を駆り立てている激しい怒り、自分でも理解できない、あの抑制できない感情は、いまやはるかに強力なものに姿を変えていた。

憎しみ。

「エーヴェルト？」

「なんだ？」

「聞いてるか？」

「聞いてる、スヴェン」

「ガイドを発見したときにも言ったが、この事件は、発覚を恐れて遺体を一体ずつ捨てているだけじゃない。もっと大がかりなものだ——何者かが完全犯罪をもくろんでいる」

エーヴェルト・グレーンスはハンモックが大好きだった。昔からずっと。

いっそのこと、スヴェア通りに面した自宅のバルコニーにも置いて、揺れに身を任せるのもいいかもしれない。ときに自分を呑みこむ黒い穴となるベッドから離れて。

「この少年は、エーヴェルト、目撃者だ——同じだよ。危険な存在になると考えたんだ」

「どうしたら危険な存在になるっていうんだ！　誰もこの子のことを知らないのに」

「学校で似顔絵画家と会ったときかもしれない。あるいは、グループホームで友人に話したか。あるいは、僕たちの同僚がどこかでうっかり口をすべらせたか。あるいは、報道発表資料を送ったときに、情報の入手先に興味を示した者がいたか。あるいは——」

「スヴェン、もういい」

信用されて、心からうれしかった。ヒューゴーと同じ、信頼の表われた表情で自分を見つめる少年の目。その信頼が、悪をアマドゥのもとへと手引きしたのだ。

俺のせいだ。

グレーンスはひたすらハンモックを揺らした。いまスヴェンの言ったことで、何かを聞き落とした気がしてならなかった。とても大事なことを。

アマドゥにしゃべらせたのは俺だ。幽霊のような顔を説明させたのは。密航組織についてじかに聞いた唯一の証言。

揺らす。

ゆらゆら、ゆらゆら。

スヴェンの言葉が脳裏によみがえり、意味を持ちはじめるまで。

「そのとおりだ、スヴェン」

「何が？」

「やつらは完全犯罪をもくろんでいる」

「それで？」

「ソフィア・ホフマン。あの少年と俺たちを結びつけたのは彼女だった。彼女が引きあわせてくれたんだ。俺を信用するよう説得してくれた」

足で揺れを抑え、軋《きし》みがやんでハンモックが動かなくなると、グレーンスは降りた。ここはエンシェーデだ。ソフィア・ホフマンの職場からも自宅からも近い。言ってみれば三角形の一点で、他の二点までは車でわずか数分の距離だった。グレーンスは彼女の番号が書かれたメモを探し、電話をかけた。

出ない。

もう一度、かける。

出ない。

ひょっとしたら校庭を歩いていて、聞こえないのかもしれない。すでに一時間目が始まって、サイレントモードに設定しているのかもしれない。いまだに彼が自分たち家族の生活に関わることを迷惑に思い、電話を無視しているのかもしれない。

ひょっとしたら。

危険が差し迫っている可能性もある。

「おまえたちはここにいろ。鑑識とエルフォシュが作業を終えたら、中に戻って、最初に見落としていたものがあるかどうか調べるんだ。どんなものでもいい」

「きみは？」

スヴェンは警部の遠ざかる背中に向かって大声で尋ねた。

「エーヴェルト？　きみはどこへ行くんだ？」

彼もヘルマンソンも答えは聞けなかった。答えなど、なかったから。グレーンス自身も、どこへ向かっているのかわからなかった――ソフィア・ホフマンの職場か、それとも自宅か。

確かなのは、一刻を争うということ。アマドゥに対する脅威となったガイド、そのガイドに対する脅威が、自分が無理やりこの一件に関わらせた女性の身にも迫っていること。そして、もし彼女に危害が及んだら自分の責任だということだ。怒りと憎しみに恐怖が加わり、冷静に考えることができなかった。

だからグレーンスは走った。二十年ぶりに、またしても。

「下着じゃ体育の授業に出られないよ」

ラスムスは両手を広げた。

「ねえ、ヒューゴー、そんなこともわかんないの？」

「だったら手伝えよ」

洗濯した服は、洗濯室の棚のいちばん下にある籠《かご》に入っている。真っ先にそこを探した。ママがいてくれたら。ママなら、どこにあるのか知っている。そうすれば、もうラスムスの泣き言を聞かなくても済むのに。

「ほら、手伝って」

けれども、毎週月曜日と木曜日はママの授業が早く始まる。九時十五分に始まるヒューゴーの授業よりも。午前中の長い休み時間が終わって、十時過ぎまで始まらないラスムスの授業よりも。だからその日は、学校に遅刻しないようにするのが兄のヒューゴーの役目だった。ラスムスに体操着袋を持たせるのも。きちんと詰めた体操着袋を。かたっぽの靴が見つからなくて、ラスムスが見学せざるをえなかった、あのときみたいにならないように。ヒューゴーが約束を守れなくて、ママはちょっぴり怒っていた。それなのに今度は――いまいましい体操着の短パンが見つからない。

「ぼうっとするなよ」

「手伝ってるよ」

「こうやってやるんだ」

ヒューゴーは洗濯した衣類の入った籠の中身を床にぶちまけ、ふたりで一枚ずつ調べた。シャツやズボンの中まで見て、短パンが隠れていないか確かめた。けれども、なかった。煙のように消えてしまった。

「脱いだ服を入れる籠は？」

洗濯物入れは、洗濯室の隅にふたつ置いてある。ひとつは濃い色用、もうひとつは薄い色用だ。ラスムスの短パンは黄色と緑で、入っているとしてもどちらなのか、さっぱりわからない。

「おまえは薄い色のほうを見ろ。僕は濃いほうを見る。わかったか？」

「えええーっ」

「わかったか、ラスムス？　おまえの短パンだぞ」

「わかったよ……」

「そんなにふくれっ面《つら》するなよ」

ふたりは洗濯物入れの中身を出して、ふたつの大きな山をつくった。ソックス、セーター、ズボン、タオル、シャツ、下着、シーツ……ありとあらゆるものが出てくる。緑と黄色の短パン以外は。今度は、すべての内側ものぞいて、短パンが引っかかっていないかどうかを見ることにした。ヒューゴーが最初のTシャツを裏返しにしたとき、物音が聞こえたような気がした。上のほうから――たぶんキッチンか廊下のあたりから。彼は地下のドアに近づいて、わずかに開いた隙間から玄関のほうをそっとのぞいた。

「何してるの、ヒューゴー？」

「しーっ」

「手伝ってよ。僕にもそう言ったくせに」

「何か聞こえたような気がするんだ。静かにして」

ふたりとも耳を澄ました。

たしかに上の階から物音が聞こえた。

玄関のドア。

誰かが鍵をどうにかしている。

「聞こえたか、ラスムス？」

「うん。ドア、開いてる」

「ママは授業がある。戻ってくるかな……いまごろ」

「短パンが見つからないのを知ってるのかも」

「なんで知ってるんだ？」

「もしかしたら……」

開いたドアが閉まった。

そして足音。

でも、ママのではない。ママはあんなふうに歩かない。この足音は、もっと重かった。

「誰？」

「しーっ」

「小さな声で話してるよ」

「頼むから、ラスムス、静かにしてくれ」

床に座れば。上半身の向きを変えて、ちょっとだけ首を伸ばせば。それから、地下のドアをもう少し開ければ……。

やっぱり。

地下へ下りる狭い階段を見上げると、キッチンが少し見えて、その向こう――廊下に出るドア――から誰かが入ってきた。

黒い靴。黒いズボン。

ママじゃない。

男の人。

ヒューゴーはさらに首を伸ばした。音を立てずに、あと少しだけ地下のドアを開けたら、ほかも見えるだろう。

脚。手。肩。頭。

くそ。くそっ。

誰かに蹴られたみたいだった。

思いきり、おなかを。

まさにそんな感じだった――間違いなく。

ヒューゴーの知っている人だったから。キッチンに立っている男。実物を見たことはなかったけれど。

でも、覚えていた。

エーヴェルトがキッチンに座ってアマドゥと話していたとき、ホフマンの長男が廊下に寝そべって話を聞いているのに気づいた。けれどもエーヴェルトはやさしかったのを、ヒューゴーは覚えていた。怒ったりせずに、ただ盗み聞きはやめて部屋に戻るように言っただけだった。

ヒューゴーは言われたとおりにした。しばらくは。それから、もう一度こっそり一階に下りた。

そのときにアマドゥが話しているのを聞いた。最初はフランス語の〝ピュピーユ〟、それをママが〝瞳孔《どうこう》〟という意味だと教えたら、アマドゥは、自分をコンテナから出してくれた男は瞳孔の大きさが違ったと言った。〝片方の目は瞳孔が大きくて、もう片方は小さかった。ずっと僕を見てた〟。ヒューゴーは光のことはよくわからなかったし、いまでもわからないが、その目の説明は覚えていた。アマドゥと警察から来た女の人が学校で描いていた絵で、その目に出くわした。エーヴェルトとおしゃべりしようとして、教室に入ったときに見えたのだ——エーヴェルトはあわてて隠そうとしたけれど。おかげで、ほかの部分は見えなくなったが、目だけは見えた。彼をじっと見つめていた。

それが、いま見ている顔だった。

キッチンにいる。

似顔絵の男。
アマドゥが見て、覚えていた男。

日の出を眺める。

さぞ美しいにちがいない。

地中海のはるか沖の漁船、まるで別世界のような静寂、朝凪《あさなぎ》。

ピート・ホフマンは手すりにもたれて身を乗り出し、ディーゼルエンジンの力で突き進む船の舳先《へさき》がかきわける、泡立った青い水を見つめていた。さぞ美しいにちがいない——だが、何度となく彼の目に映るのは、胸を撃たれた父親と、こめかみを撃たれた息子、ふたりが抱え上げられ、まさにいま彼が立っている場所から、手すり越しに海に投げ捨てられる光景だけだった。

船はズワーラへ戻る途中で、これまで潜入したどの犯罪集団よりも非道で、卑劣で、邪悪な組織にとって、新たな一日が始まろうとしていた。ここでは、命はつねに金よりも軽い。

誰も何も言わなかった。船長は操舵室でまっすぐ前を見ながら立ち、もうひとりの見張りは木箱の上で半分眠りながら煙草《たばこ》を吸い、ホフマンは操舵室の上と手すりを行ったり来たりしていた。誰も何も言わなかったのは、互いに言うべきことがなかったからだ。だが、ホフマンは全身で答えを求めて叫んでいた。罰を求めて。ある種の正義を。若いころは、すぐにでも手に入れることを望んでいたが、潜入捜査員になってからは待つことを覚え、待った分だけ多くを奪うことができると知った。奪うのだ、得るのではなく。たいていは得るものだと思われているが――そうした正義は、この種の人間からまさに復讐として奪われる。

昨晩遅くにグレーンスが送ってきた、激しい怒りの込められたようなメッセージを読み直すあいだ、彼は用心してふたりに背を向けた――タコの頭はスウェーデン国内にいるかもしれない。組織はそこからの指令で動いている可能性がある。だとしたら、警部はその頭を切り落とし、残りの身体から分裂させるつもりだという。ホフマンにとっては、頭がどこにいようと関係なく、足も残らず切り落とそうと決めていた。

電話の電子音は、どことなくこの静かな海原にはそぐわないような気がした。追跡される危険を最小限に抑えるために、電話を禁じている密航活動の最中であれば、なおさらのことだった。船長の電話が鳴り、暴力的な音があたりに響きわたるなり、ホフマンは胸騒ぎを覚えた。そして船長が話しながら一、二度、自分のほうをすばやく見やり、それから船の速度を落として、周囲の視線や立ち聞きを避けて操舵室の奥へ移動すると、悪い予感は確信となった——まずいことになった。

ピート・ホフマンは、注意を引かないようにゆっくりと貨物倉のほうへ進むと、木の階段を駆け下りて、エンジンの後方の狭いスペースに身を隠した。そこでしゃがみこみ、電話を取り出して、自動翻訳機のプログラムを立ち上げる。本部のあちこちの壁の穴やひびに仕掛けた超小型の白いマイク。船長への連絡は自分に関することにちがいない——予感が的中すれば、電話をかけているのはリーダーのどちらかで、本部からかけているはずだ。

はたして、そのとおりだった。

ふたりとも本部にいた。

録音された音声をソフトウェアがアラビア語からスウェーデン語に翻訳すると、三人の声を識別することができた。船長、オマール、会計士。翻訳機が決定的瞬間をとらえたときに、話していたのはオマールだった。

《スパイだ》

《なんだと？》

《船に乗ってる男。いま、おまえといっしょにいる。あいつはスパイだ》
《どの男だ？》
《金髪の。ヨーロッパ人》
《確かか？　スパイだと？》

ピート・ホフマンは過去にも同じ状況に置かれたことがある。正体が暴かれたことが。それが何を意味するのかはわかっていた。死刑宣告。この瞬間から、殺すか殺されるかだ。グレーンスにこの任務を負わされたときから、こうした事態が起こるかもしれないと考えていた。覚悟もしていた。だが、まさかこれほど早いとは思わなかった。

彼には理解できなかった。なぜ、ばれたのか。

会計士が口を開くまで。彼女は、ファイルキャビネットの書類の一枚が逆向きに保管され、裏面が汚れていたことを船長に説明した。

あの書類。

金庫室のドアを閉めようとしたときに気づいた。彼女が現われ、急いでT型梁《ばり》に隠れた際に落とした。

あのいまいましい書類が一連の連鎖反応の引き金となった。

《どうしようと自由だけど、あの男を見くびらないほうがいいわ。たったいま、上から直接受け取った情報によると、彼は長年、プロの潜入捜査員だった――スウェーデンやアメリカの警察に協力して、ポーランドのマフィア、その後は南米の麻薬カルテルに潜りこんでいた。何度も人を殺している。だから、誰に頼まれたのかを聞き出すときには、じゅうぶん用心して。それが済んだら、海に投げ捨てるのよ》

地中海の真っただ中で、ピート・ホフマンは古い船のエンジンの後ろにうずくまっている。この情報によって、すべてが変わった。彼にとっても、エーヴェルト・グレーンスにとっても。密航組織に雇われた何者かが、きわめて短時間のうちにスウェーデン警察の捜査に関する極秘書類にアクセスした。組織のトップがこれほど先を行き、予想よりはるかに緻密《ちみつ》な情報網を張りめぐらせていることを、グレーンスは知るよしもない。

船長が電話を切り、ホフマンも翻訳プログラムを終了させようとしたが、そこで会計士とオマールが言い争いを始めた。大声で。ホフマンの正体と行動を知って動揺しているのは明らかだった。ふたりとも、彼がどこまで知っているのか、どれだけ組織に打撃を与えるのかがわからずに不安を抱いていた。やがて、会計士は別の相手に電話をかけた。

《理由は説明できないけど——もう一度言うわ。あと二日は待てない》

電話の向こうから聞こえる男の声は甲高《かんだか》くて大きく、ほぼすべての言葉が聞き取れた。

《こっちももう一度言うが、デリラ、われわれは十五分後に出航する。だが、目的地はズワーラでも、あんたのところでもない。アルジェで別の組織から金を回収するためだ》

会計士の口調は、ホフマンの額に銃口を押し当てていたときのように、不愉快なほど落ち着きはらっていた。

《優先順位を変えてもらわないと》

《無理だ——》

《私たちと取引を続けたいのなら》

《なんだと?》

《聞こえたでしょう》

《たしかに聞こえた、デリラ。だが、理解できたかどうかは自信がない》
《だったら、もう一度説明する。優先順位を変更して。でないと、一番の上得意を失うことになるわ》
金の輸送。それについて話しているのは間違いなかった。数日後に、数億クローナに値する何千万枚もの古いドル紙幣を回収する装甲艇。
会計士は予定よりも早く来るよう求めている。ただちに。

《理解してもらえたかしら？》
《わかった。それほど言うのなら……行き先を変更して十五分後にマルタを出発しよう――ズワーラへ向けて》
《どうやら合意に至ったようね。それで、到着予定時刻は？》
《現在の天候状況による》
《で？》
《ここからだと、海を隔てて三百九十四キロの距離がある》

《で？》

《そうだな……平均七十五ノット。それに、たとえ武装しているとはいえ、沿岸警備隊や海賊は避ける必要がある》

《いつなの？》

ホフマンは、地中海沿岸で金を回収してまわる会社について耳にしたことがあった。食糧輸送の仕事で、同様の会社で働く男たちといっしょになったこともある――契約が切れて新しい仕事に変わらざるをえなくなり、その地域一帯の警備会社を転々としている若者だ。腕は立つが恐れを知らず、金だけが目当ての無節操な連中は、雇い主にも彼らの顧客にも重宝されていた。

《その速度で、その距離だと、そうだな……正午。その時間にズワーラの港に着く》

正午。

ホフマンは衛星電話で時刻を確認した。

午前九時。

《もっと時間を節約したければ、あんた自身が波止場で出迎えてくれ》
《行くわ。金庫の中身を持って》
《じゃあ三時間後に》

ホフマンは貨物倉のエンジンの後方の隠れ場所から立ち上がった。

いますぐ動かなければならない。

姿を現わして、甲板へ向かわなくてはならない。すぐに捕えられるにしても。だが、彼には有利な点がある。それを利用するつもりだった——船長も、もうひとりの見張りも、彼のつかんでいる情報を知らない。

三時間。

それがピート・ホフマンの持ち時間だ。

それ以上でも以下でもない。

密航業者から、彼らが大切にしている唯一のもの——金と、さらに多くの金を儲《もう》ける機会を奪うために残された時間。

彼らを毎日少しずつ殺すために残された時間。

第五部

09：01
（残り二時間五十九分）

アマドゥの似顔絵の顔。

あの男だ。

僕たちの家にいる。ここに。

ヒューゴーは、もうずいぶん長いあいだ地下の床に座り、わずかに開いたドアから階段を見上げていた。その場所から離れられなかった。動けもしなかった。固まっていた。腕も脚も、もう言うことを聞かなかった。

似顔絵の幽霊。

ヒューゴーにはわからなかった——僕たちの家のキッチンで何してるんだろう？

けれども、よいことでないのだけは理解できた。つまり危険だ。そんな気がした。

だんだん感覚が戻ってきた。

やっとのことで、酸素が血や関節や筋肉を通って手足までたどり着いたかのように。

ヒューゴーはできるだけ音を立てないように、慎重に地下のドアを閉めた。そして、静まりかえった狭い地下の廊下を一歩ずつ足音を忍ばせて戻った。洗濯室に入ると、弟が大きな洗濯物入れの縁につかまり、頭を突っこんで、底のほうに短パンがないか探していた。

「ラスムス？」

ヒューゴーは小声で話しかけた。

「おい、ラスムス」

「誰だった？　どこに行ってたの？」

「誰でもない。だけど、大きい声を出しちゃいけない」

「お互いに助けあうんだったよね」

「小さい声で——僕みたいに」

「ヒューゴーが言ったんじゃないか。手伝って、手を貸してって」

「もっと声を小さくするんだ」

「短パンを見つけて学校に行かないと――授業が始まっちゃうよ」

「よく聞くんだ、ラスムス――説明するから。僕たちは小さな声で話して、隠れなきゃいけない」

「なんで？　どうして……」

ようやくラスムスは小声で話しはじめた。〝隠れる〟という言葉が功を奏したようだ。

「……そんなことするんだよ？」

「どうしてもだ」

「教えてくれなきゃ、やだ」

ヒューゴーは弟の細い上半身をつかんで、洗濯物入れから引っ張り出した。ほんとうのことを、ありのままに話さなければならない。

「さっきの音は危険だからだ。超、超危険。わかったか？」

ラスムスは兄を見つめた。その口調は聞いたことがある。これはゲームじゃない。本気だ。〝小さな声〟と〝隠れる〟は危険ということだ。

「こっちに来るんだ。音は立てないで」

ヒューゴーはラスムスの手を取って、しっかり握った。いままではママに言われてしかたなくやっていたけれど、いまは自然にできた。ふたりは洗濯室を出ると、地下の廊下をそっと歩いて、パパの仕事部屋に入った。

そこには机と回転椅子、それに大きな洋服だんすがある。ほとんどそれだけだった。ヒューゴーは重い回転椅子をつかむと、ビニールの床の上を洋服だんすのほうに引っ張って、押しこんだ。椅子はちょうど空いたスペースにはまり、彼はよじ登って洋服だんすの裏側に手を突っこんだ。腕と手をほんの少し右側にひねれば……あった。小さな細長いレバー。下に引くと、かすかな長い電子音が聞こえた。そして、洋服だんすの裏の壁がゆっくりと開き、別の部屋が現われた。この小さな部屋の奥に、さらに小さな部屋があった。秘密の部屋。一辺の長さは二、三メートルほどしかない。

ヒューゴーがその部屋から出て椅子を戻し、ラスムスをつかもうとしたとき、それが聞こえた。

地下のドア。軋《きし》んでいる。

似顔絵の男が音を聞きつけたのだ。

そして地下に向かっている。

ヒューゴーは急いで秘密の部屋に戻ると、先ほどのようにラスムスの手をつかんで、自分の口に指を当てた。ラスムスは理解した。ひと言もしゃべってはいけない。

09：04
（残り二時間五十六分）

ピート・ホフマンは甲板の下、エンジンの後ろのスペースに留まったまま、残り時間を計算しながら死の作戦を立てた。みずからの死。そして、それを避けるための。

彼はずいぶん昔に生きることを選んだ。それはすなわち、正体がばれた際に、他人の死を選んだということだ。だが、今回は少し事情が異なる。数人には、この場で死んでもらう。この漁船にいっしょに乗っているふたり。船長と見張り。場合によっては、さらに何人か。だが、会計士とオマールについては、毎日少しずつ命を損なうことで、ゆっくりと死なせるつもりだった——心から愛する唯一のもの、金を奪い、その金を稼《かせ》ぐのに必要な道具を破壊し、二度と取り戻せないようにして。

タイミングの問題もある。今回は、これまでどおりにはいかないだろう。

三秒も三分も、計画を立てて、すべてをコントロールできれば、永遠にも感じられる時間だ。しかし三時間は、物理的にははるかに長いものの、主導権を握れなければ短すぎる。

ホフマンは息を吸いこみ、吐き出した。

銃は甲板の上、操舵室の屋根に置いたままだった。銃を使うことはできない。おそらく手にすることも——銃弾は身体に損傷を与える。だが、計画どおりに事を運ぶには、船長と見張りは、とりあえず無傷のままにしておく必要がある。死は静かに忍び寄らなくてはならない。彼はショルダーホルスターに常備しているナイフを取り出し、お気に入りの木製の柄と、両面とも鋭い刃を撫《な》でた。

正体は、ばれた。彼らはホフマンを殺して、死体を船から投げ捨てるつもりだ。だが、有利な点がふたつある。向こうは彼が気づいていることを知らない。そしてオマールは、口を割らせて、彼を送りこんだ人物の名前を聞き出すよう船長に命じた。だから、すぐには撃たないはずだ。時間を稼いで油断させ、うまくすれば不意を突いて反撃に出られる。

そろそろ時間だ。

ホフマンは漁船のディーゼルエンジンの下に手を突っこみ、バルブを閉めて燃料の供給を止めると、狭い木の階段を駆け上がって日光の下に出た。せいぜいあと一分もすれば、エンジンが異音を立てはじめ、船はスピードが落ちるだろう。

甲板に上がると、彼はこっそり下りる直前までいた場所に戻り、手すりにもたれ、ゴミ同然に海に投げ捨てられた父親と息子の姿を必死に頭から追い出した。消し去った。最初から存在しなかったかのように。その証拠を示す甲板の血痕《けっこん》もすっかり乾き、太陽と海と風によって消されつつあった。

その場所で、手すりのところで、彼は待った。

エンジンが止まり、船の速度が落ちるまで。

驚いたふりはせずに。かといって無関心にも見えないように。操舵室に顔を向けると、船長は次々と計器をチェックしてから、苛立たしげに問題の原因とおぼしきエンジンへ向かった。ちらりとこちらを見た船長に向かって、ホフマンはすべてが決まる瞬間を目前にしながらも、何食わぬ顔で気さくにうなずいてみせる。

船長が木の階段を下りて暗がりに姿を消すと、ピート・ホフマンは操舵室のそばに立つ見張りのもとへ向かった――怪しまれないようにあわてず、しかし相手がひとりになった瞬間を逃さないようにすばやく。

怪しまれずに見張りに近づくのは、思いのほか簡単だった。彼はほとんどわからないほどの笑みを浮かべ、その場に突っ立っていた。潜入捜査員が自分の正体がばれたことを知っているとは夢にも思わず、船長が戻ってきたら、ふたりで彼を痛めつけようとしていたにちがいない。

ホフマンは身体の一部のごときナイフの木の柄を右手で握り、刃先を上に向けて腕の内側に隠し持っていた。そして視線が合うなり、腕を伸ばし、相手の無防備な背中の肋骨《ろっこつ》のあいだにナイフを突き立てた。あたかも抱擁《ほうよう》するように。死の抱擁。肝心なのは、身体に目立った損傷を与えずに命を終わらせることだった。喉《のど》を切り裂くなど論外だ。双眼鏡で気づかれたら困る。

続いて、下甲板へ続く階段へと急いだ。だが、たどり着かないうちにエンジンが再始動する音が聞こえ、船がゆっくりと動きはじめた。船長が原因を突き止め、燃料の供給が意図的に止められたことに気づいたのだ。おそらく誰の仕業《しわざ》かも――スパイが状況を把握していることにも。これで有利な立場が失われた。

残る選択肢はひとつだけ。

ホフマンはうずくまり、昇降口の片側の壁にできるかぎり身体を押しつけた。船長が一段とばしで上がってくるのが聞こえる。

ナイフは先ほどよりも横から刺さった。ホフマンは船長が甲板に出てくるなり襲いかかったが、一度では仕留めることができず、予定よりも上半身に傷をつけてしまった。

彼は息を切らし、死体のわきにしゃがみこんでいた。衛星電話は血まみれになったが、気にしている場合ではない。時間は容赦なく過ぎ、フランクへの電話を先延ばしにするわけにはいかなかった。

「いまこそ借りを返してもらいたい。いよいよだ」

「なんでも言ってくれ、友よ」

「二時間足らずでズワーラの港に着く。俺の合図を待ってから、大きな倉庫へ向かってくれ」

「早いな、コズロウ。二、三日って言ってなかったか。あるいはもっと」

「計画が狂った。何か問題でも？」

「大丈夫だ。どんな合図だ？」

「見ればわかる」

ホフマンは電話を閉じると、船長の腕をつかんで重い身体を操舵室まで引きずっていった――それが終わると、今度は逆に見張りを甲板に出して、船首まで引きずっていく。ふたりを利用するための手はずを整える。ばかげているうえに、残酷で、恥ずべき行為だったが、彼らの死か、みずからの死のどちらかだった。ホフマンは彼らの死を選んだ。そして自分を奮い立たせるために、いつもと同じことをした――家族のことに考えを集中した。彼の渇望する、まったく別の現実世界で暮らしている妻とふたりの幼い息子たち。そしてここにはない、ごくふつうの平穏な日常。

09：13
(残り二時間四十七分)

「ここで何してるの？」

「いまから――」

「それに、ここは……ここはどこ、ヒューゴー？　わかんないよ」

「しーっ」

ヒューゴーは唇《くちびる》に指を当てた。ラスムスは小声で話していたが、いまはもっと静かにしなければならない。

「わかったか？」

「わかった。超小声」

ラスムスは狭いスペースで向きを変えた。真っ暗ではなく、地下の窓から射しこむ日光が天井のほうから入ってきた。パパのものだ。ヒューゴーはひと目でわかった。床に置かれた三つのブリーフケース。どれも同じ。壁ぎわの白い金属製のキャビネット。反対側の壁ぎわの金庫。ラックに掛けられたベスト。映画で警察官が着ている防弾チョッキみたいな。

「ヒューゴー――この部屋は何？」

「パパの秘密の部屋だ」

ラスムスはブリーフケースをひとつ持ち上げた。そんなに重くない。でも、中に何か入っている。振ると音がする。次に金庫の扉に触れた。鍵がかかっている。キャビネットの扉にも触れた。こちらは鍵がかかっていない。

「開けるな」

「どうして？」

「いまはだめだ、ラスムス」

ヒューゴーはあいかわらず真剣な表情だった。遊びのときとは、まるで違う。ラスムスはキャビネットの取っ手から手を離した。

「どうして知ってたのさ、ヒューゴー――」

「超小声」

「――こんな部屋があるって」

「パパには秘密がある。知りたかったら、こっそり動けるようにならないとだめだ。最初は夜だった。パパは知らなかった。地下のドアを開けっぱなしにして、僕が仕事部屋に隠れて、聞いちゃいけない話を聞いてるって。机の下に寝そべってて、見つかるかと思ったけど、見つからなかった。パパは洋服だんすの中に入ってった。それで出てこなかったんだ。ずっと。それからほとんど毎晩、こっそり下りてきた。寝る時間が過ぎてから。パパとママは、僕たちに聞かれたら困るようなことを話してたり、すぐに寝るときもあった。だけど、パパはときどきここに来てたんだ、ラスムス。手を伸ばして、何かを引っ張った。そうしたら壁がするするって開いた。それを見て、留守番してるときに試してみたんだ。ときどき、ひとりでここに座ったりしてる。なんだか楽しいよ」

ラスムスは、もう一度くるりとまわって、自分でもわからずに何かを探してみた。けれども、何も見つからなかった。ブリーフケース、キャビネット、金庫、ベスト。それから子どもがふたり。

「それで、どうしていま、ここにいるの？」

「誰かが家にいる。たぶん僕たちを探してるんだ」

09：18

（残り二時間四十二分）

ピート・ホフマンは木製の操舵輪から突き出した小さなハンドルを握っていた。大型船の船長が用いる舵《かじ》のミニチュア版のようだった。だが、この船長はひとりきりだ。小さな漁船で。外海のはるか沖で。入港予定時刻まで、あと一時間半あまり。

彼は甲板と操舵室、貨物室と操舵室、エンジンと操舵室を行ったり来たりした。その間ずっと、風や海の状態を確かめて進路を保ちつつ、船内の限られたこの状況で問題を解決する方法を考えた。そして、ようやく答えを見つけたと確信した。

まずは死体——船長を操舵室内で立たせる。貨物室の底でロープを見つけ、両脚と腰を計器盤にくくりつけた。近づいてきた船を陸から見ても、下半身は見えないはずだ。顔や首に傷はなく、損傷した上半身は操舵室の引き出しで見つけた粘着テープで簡単に補修したので、やや青ざめた船長が、操舵室の窓に軽くもたれて船を操縦しているように見えるだろう。もうひとつの死体、見張りは、船の前面の舳先《へさき》に据えつけた。操舵室の屋根の金属棒を一本引き抜いて、見張りの服に通す——首から差し入れ、シャツ、ズボンの裏側を通って片方の脚から出し、甲板の留め具に押しこんだ。さらにテープで身体を手すりに固定すると、あたかも生きていて、船の舳先で前方を見張っているように見えた。

死体の配置が終わると、ピート・ホフマンは船が港に近づく際の勝負を決める数秒間を稼《かせ》げるよう祈った。オマールもボディガードも、自分たちが主導権を握っていると信じている。

準備はまだ終わっていなかった。

エンジン室のディーゼルエンジン。操舵室の隅に立てかけてある古い釣り竿。船長がコーヒーを温めていたガスストーブの横の四角い着火剤。

ちょっとした演出。

その隙にホフマンは一瞬姿をくらまし、ふたたび現われるという段取りだった。

09：53
（残り二時間七分）

ふたりはきっかり三十五分間、待った。ひと言もしゃべらず、ほとんど動きもせずに。

ヒューゴーは、カチカチと時を刻む腕時計の秒針をじっと見つめ、ラスムスが話したり動いたりしそうになると、おとなしくなるまで弟の手を握った。

似顔絵の男が地下を歩きまわる音が聞こえた。行ったり来たり、それぞれの部屋を出たり入ったり。パパの仕事部屋にも二度、入ってきて、洋服だんすの扉を開けてから閉めた。それから一階に上がっていく。さいわい地下のドアは大きく音を立てるので、つねに居場所はわかった。おかげで、また戻ってきたことにも気づいた。

似顔絵の男。

幽霊。

そこらじゅうを歩きまわっている。地下を。仕事部屋。パパの机の引き出しを開ける音も聞こえた。手当たりしだい。

それから洋服だんす。

中に入ってきたようだった。

そしていまは……いまは秘密の部屋のすぐ外にいる。息をしている。そこでも引き出しや棚をひとつひとつ開けていく。ヒューゴーは自分のためにもラスムスの手を握りしめた。力いっぱい。ラスムスも握りかえす。

無言で会話をしているかのように。

〝聞こえる?〟

〝うん、聞こえる〟

今度はラスムスがヒューゴーの手を握りしめる。二度。そしてヒューゴーは二度、握りかえした。

〝怖いよ〟

〝僕も〟

ふたりは互いに手を握りあい、これっぽっちも動かず、目をつぶって一秒ずつ数えた。

男が洋服だんすから出ていくまで。

呼吸が聞こえなくなるまで。

足音が洋服だんすを離れ、仕事部屋を離れ、地下を離れ、ドアが音を立てるまで。

「ヒューゴー？」

ようやくラスムスはささやいた。

「うん？」

「いなくなったよね」

「うん。とりあえず」

「学校が始まっちゃうよ」

「まだ待たないとだめだ」

「遅刻したら怒られる」

「今日はしかたない」

ラスムスは、わずかにヒューゴーにもたれかかり、腕と肩にぴったり身体を押しつけた。

「こんなの、やだよ」

「僕だって嫌だ」

「ヒューゴー、危険だって言ったよね」

「まだ危険なんだ。だから静かにして、ここにいなくちゃいけない。わかるだろ、ラスムス？」

10：04
（残り一時間五十六分）

ピート・ホフマンは、片手に小さなプロパンガスボンベとホットプレート、もう片方の手に釣り竿、テープ、点火棒を持ち、すり減った木の階段を下りてエンジンへ向かった。舵輪はロープで固定してスピードを落とし、接近する船舶がないことを確認していた。ガスボンベとホットプレートを床に置き、点火棒が簡易ガスストーブの真上にくるように、残ったテープで階段の最下段に貼りつけた。続いて、釣り竿を真ん中で折って釣り針をはずし、釣糸を点火棒の着火レバーにきっちり巻きつける。それからガスストーブの栓を開け、釣り竿側の糸を緩《ゆる》めて、垂らしながら甲板に戻った。これで準備は完了した。あとは煙の中に姿を消し、密航組織の重武装の見張りたちが混乱を極めるさなかに、もう一度姿を現わすだけだ。

10:29
（残り一時間三十一分）

カチカチ。

ぐるぐるまわる。

ヒューゴーはひたすら腕時計の秒針を見つめていた。二十五周をまわりきるまで、似顔絵の男は一度も地下に下りてこなかった。

こっそり様子を見に行く、と彼はラスムスに説明した——こういうときは、それが兄の役目だ。そのあいだ、ラスムスは秘密の部屋に隠れていなければならない——弟とはそういうものだ。ヒューゴーは壁の目立つところにある小さな赤いボタンを押して、扉を開けた。先ほどと同じように、ブーンという低い音を立てて扉が開く。彼は忍び足で洋服だんすを出て、仕事部屋から地下のドアへと向かった。そこで立ち止まった。以前にも同じようにしたが、パパもママも気づかなかった。

でも、いまは違う。

胸の中で心臓が野鳥のように羽ばたいているときには、レバーを押し下げて、軋《きし》ませずに隙間を広げるのは、ずっと難しかった。

たくさん開ける必要はない。ほんの一センチくらい。見えた。黒い靴と黒いズボン。似顔絵の男はキッチンのテーブルに座って、電話で話していた。英語で。そんなに上手じゃない――パパのベストが映画の警察官みたいだとしたら、男の話し方は同じハリウッド映画で、悪いやつらがしゃべっているのにそっくりだった。

〝待っている〟

男がそう言うのがわかった。続いて、

〝誰もいない〟

〝俺だけだ〟

その瞬間、ヒューゴーはまたしてもおなかを蹴られたような衝撃を受けた。前と同じように。

その瞬間、すべてがはっきりした。

似顔絵の男は〝ソフィア・ホフマン〟と言った。

それが男の待っている相手だと、ヒューゴーは気づいた。

危険が迫っているのはママだ。

10：38
(残り一時間二十二分)

ピート・ホフマンは狭い操舵室で死んだ男のとなりに立ち、徐々にはっきり見えてきた北アフリカの港を目指して船を進めていた。風はすっかり止み、空には雲ひとつなく、カモメはあいかわらず上空を旋回している——ときおりやかましい鳴き声をあげて、船が残していく渦に飛びこみながら。

ガスストーブ、点火棒、釣り竿。

うまくいきそうだ。限られた状況を逆手に取った。

いまなら、どんなことでもできるように思えた。

そのとき、思いがけず電話が鳴り出した。船長の電話。死んだ男のズボンのポケットで。ピート・ホフマンは呼出音を数えた。十二回。ポケットから電話を取り出し、番号を確かめる。前回の通話と同じ番号。オマールだ。いまごろスパイは〝誰に雇われたのか？〟という問いに答え、海に投げ捨てられているはずだった。

ふたたび電話が鳴った。

ホフマンは、またしても鳴りやむまで待ったが、その間に、自分の電話を本部の壁の割れ目に隠した自動音声翻訳機のマイクに接続した。

やはりオマールだった。はっきりと聞こえた。そして、船長が出ないことに対するオマールの不安や怒りを理解するのに、翻訳機能はほとんど必要なかった。船上で何が起きているのか、知らないのは明らかだった。彼らの組織に害を及ぼす人物が、もはやいないはずの船で。次は会計士がかける番だった。船長の電話は、あいかわらず誰も出ない。すると彼女は、金庫の中身を回収しにくる現金輸送の責任者に連絡した。会計士もストレスを感じているようだった。たとえ外部の圧力があろうと冷静さを失わなかった口調は、苛立ちを取りつくろっているふうに聞こえた。

《現状を報告して！》

電話の向こうから、例の大きくて耳障りな男の声が聞こえた。
《現状はスケジュールどおりだ》
《それで？》
《三時間と言ったはずだ。三時間を遵守する》
《どういうこと？》
《天候は変化していない。平均七十五ノットで進んでいる》
《正確には何時？》
《一時間と……そうだな、十四分でズワーラに着く》
ピート・ホフマンは翻訳プログラムを終了した――必要なことは聞いた。ズワーラの港は着実に近づいている。あと十分、長くても十二分だ。
うまく不意打ちをくらわせ、いったん姿を消してから、ふたたび現われることに成功すれば、一時間程度は稼《かせ》げるだろう。
それだけあれば、じゅうぶんだ。

10：47
（残り一時間十三分）

これまでの人生で、エーヴェルト・グレーンスは職員室に入った記憶がなかった。そして、義務教育を終えてから半生が過ぎているにもかかわらず、数時間前に職員室のドアをノックした際には、いまだに後ろめたさを感じた。昔は恐怖を覚える権威の象徴だった。叱責《しっせき》されるために呼び出される場所で、遅刻したときには、できるかぎり身を縮めて窓の外を通ったものだ。正式な裁判文書のごとく署名を必要とする手紙が、ここから自宅に送られた。

だが、今朝《けさ》は別の感情を胸に抱いてやってきた。いずれにしても、好ましくないものに変わりはなかったが。

懸念。

ソフィア・ホフマンが重大な危険に直面しているからだ。

生徒のひとりがベッドで殺されたという知らせをどう受け止めるのか、想像もつかなかったからだ。

グレーンスが職員室の入口で待っていると、中から本やファイルを両腕に抱え、今日の最初の授業へ向かう彼女が出てきた。そして、驚きと困惑の入り混じった顔で彼を見て、そこで何をしているのかと尋ね、答えを聞かないうちに、すでに時間に遅れて急いでいることを説明した。グレーンスは薄暗い廊下へ出るドアを開け、ときどきファイルから滑り落ちる紙を拾いながら歩く彼女の後を追い、別れる前に、授業が終わったら話をしたいと告げた。もちろん、その場で時間をとってほしいと頼むこともできた。事件の捜査では珍しいことではない。だが、グレーンスはそこに留まり、しばらく彼女を見守って、思い過ごしかもしれない脅威に対して警戒することを選んだ。

彼は校庭に出ると、気づかれずに彼女の教室が見えるベンチに腰を下ろした。そして、ベルが鳴るとふたたび職員室へ行き、自分のと同じくらいすり切れたソファーに座って待った。コーヒーを飲みながら同僚とおしゃべりをするつもりで戻ってきた彼女は、警部がまだそこにいて、まだ話をしたがっていることに気づいて顔を曇らせ、苛立ちをあらわにした。

「グレーンスさん――何をしにいらしたんですか？」

「話がある」

「私たちの人生に関わるのはやめてほしいと言いましたよね。なのに、まだそんなことを」

「少しでいい。ふたりきりで。邪魔の入らない場所で」

彼女は教科書やファイルを籠《かご》の中に入れた。その昔、彼とアンニが秋口に森へキノコ狩りに行ったときに持っていった籠に似ている。それからソフィアは、自分の名前が入ったやたら大きなマグカップにコーヒーを注いだ——あてつけがましく彼には勧めない。

「わかりました。話とやらを聞きましょう、グレーンスさん」

「すぐに終わる」

「今度はどういったご用件ですか?」

「誰にも聞かれたくない」

ソフィアは職員室のふたつとなりの小部屋を指さした。電話をかけるための部屋で、他人に聞かれたくない話もできる。だが、そこへ向かう途中で同僚が声をかけてきて、遠慮がちに彼女をわきに連れ出した。グレーンスは少し離れながらも、彼女から目を離さなかった——長くはかからず、ふたりはほとんど言葉を交わさなかったが、ソフィアの身振りがすべてを物語っていた。

あきらめ。

一時的に口やかましい親に切り替わる教師。彼女は携帯電話を操作した。

「学校にいないみたいで」

そう言って、グレーンスに顔を向ける。そこにはもう拒絶の表情はなく、むしろ同情を求めようとしていた。

「ラスムスが。ヒューゴーも。いま聞いたんです」

「そうなのか？」

「まだ来てないんです」

「何時に……」

「もう授業は始まってます。でも、ふたりともいなくて。ヒューゴーは電話にも出ない」

苛立ちが手に取るようにわかる。

「ラスムスは一日置きに朝一番で体育があるんです。体操着を詰めるのを手伝うように、ヒューゴーに言ってあるんですけど」

エーヴェルト・グレーンスは彼女を見て、その言葉を理解しようとした。

ほんとうに言わんとしていることを――彼女自身も気づかないうちに。

ヒューゴーとラスムスが学校に来ていない。来られないのだ。

そんなはずはない。

子どもたちは、この件に関係はない。殺された少年とつながっているのは彼女なのだから。証拠の隠滅を図る密航組織が狙う恐れがあるのは。

ありえない。だが……。

グレーンスは胸騒ぎを覚えた。

「ふたりと最後に話したのはいつだ？　どこで？」

「自宅で。八時ごろ。週に二日は早出なんです」

「ふたりだけで家に？」

「ええ。父親が予定どおりに帰ってこられなかったせいで」

苛立ちが戻り、まっすぐ彼にぶつけられる。

だが、グレーンスはほとんど気づかなかった。自分の考えを彼女に悟られないようにするだけで精いっぱいだったからだ。

「あんたはここにいろ。生徒から目を離すわけにはいかないだろう。俺が迎えに行く」

「あなたが？」

「暇なんだ」

「どうしてあなたが？」

ソフィアは彼の腕をつかみ、上着を引っ張った。

「エーヴェルトさん？　何かあったんですか？」

「なんでもない。手伝いたいだけだ」

「そもそも、なんでここに？　話ってなんだったんですか？」

グレーンスは答えなかった。すでに向かっていた。

またしても走っていた。今朝と同じように。とめどなく押し寄せる不安に、突き刺すような痛みも感じることなく。

10：52
（残り一時間八分）

ヒューゴーは地下のドアをそっと閉めた。開けたときと同じように、音ひとつ立てずに。そこに横たわって目をつぶったら、どんなに安心するだろう。小さいころは、よくそうしていた。何かが怖かったり悲しかったりすると、いつも目をつぶって、そのあいだにパパとママが怖いことや悲しいことを解決してくれた。目を開けると、すべて元どおりになっていた。

でも、いまは自分のほうが大きい。自分で解決しなければいけない。怖くて、いまにも泣き出しそうだったけれど。

まずは電話が必要だ。どうにかして見つけないと。どこにいっちゃったんだろう。洗濯室で短パンを探していたときには、あった。たしかに覚えている。あそこかな？　ヒューゴーはそっと洗濯室に入った。こっそりパパの様子を探っていたのが役に立った。おかげで物音ひとつ立てずに済んだ。とんでもないことが起きるまで。電話が鳴り出した。いつもみたいに大きくはない。何かが上にのっているのか、こもった音で。だけど幽霊には聞こえるくらいの大きさで。

洗濯機とシャワーと乾燥機の前を通り過ぎても、電話はずっと鳴っていた。洗濯物入れのところまで来ると、振動まで聞こえた。ラスムスといっしょに床にぶちまけた、汚れた洗濯物を引っかきまわし、探しに探して、とうとう見つけた。しわだらけのバスタオルの下に。もしかしたら大きなハンドタオルかもしれない。そして、拾い上げながら音を消した。

三件の不在着信。全部ママから。

電話をかけなければ。ママにではなくて。パパにでもなく。ふたりとも助けに来られない。そうではなくて、電話帳のいちばん新しい番号、助けてくれる人に。

10：55
（残り一時間五分）

「もしもし——グレーンスだ」

警部はホフマンの家へ続く静かな狭い通りに入ったところだった。

「エーヴェルトさん……僕だよ」

「ヒューゴーか？」

「うん」

ソフィアと別れたときの胸騒ぎがふたたび襲いかかってきた。さらに激しくなって。

「どうしたんだ？」

グレーンスはヒューゴーのささやき声の背後に耳を澄ました。何も聞こえない。屋内にいるにちがいない。日常の喧噪《けんそう》が遮断された場所に。

「エーヴェルトさん？」

「うん？」

「誰かいる。家の中に」

警部は門まで来て、その前に車を駐《と》めようとしたが、考え直してUターンした。予感が的中していたら、ヒューゴーの言うとおりだとしたら、自分が来たことに気づかれたくなかった。

「誰だ、ヒューゴー？　誰が家にいる？」

「似顔絵の男。あの瞳孔《どうこう》。アマドゥが見た」

「確かなのか？」

「うん」

「どうしてわかった……」

「最初は、キッチンのテーブルの下からズボンと靴しか見えなかった。でも、こっそり地下のドアまで行ったら見えたんだ。目が見えた。あの男だよ」

「ほんとうに？」

「うん」

「よし、そしたら……まだいるのか？　キッチンに」

「そこで見たんだ」

「ヒューゴー、いいか――」

「ママは家にいない」

「知ってる。いま——」

「でも、ママを待ってる」

「どういうことだ?」

「聞こえたんだ」

「聞こえた?」

「電話で話してるときに、そう言った」

ホフマンの家から一本入った通りに、うまく隠れて駐車できる場所を見つけた。車を降りて歩きはじめるグレーンスを、ヒューゴーの呼吸が電話越しに追う。

アマドゥが見た男。

彼を死に至らしめた男。

もしその人物だとしたら。

それが家の中にいる男だとしたら。

「ヒューゴー?」

答えはなかった。

だが、どうやら少年も移動している最中のようだ。

「もうじき着く、ヒューゴー。いいか、うまいことやらなきゃいけないぞ」

ブーンというかすかな音。続いて、ようやくヒューゴーのささやき声。

「ラスムスのところに戻った。僕たち、隠れてるんだ」

「弟は大丈夫か？」

「僕が抱きしめてるよ」

グレーンスは隣家の庭を横切って生垣を通り抜け、ホフマン家の敷地に入った。そして一瞬、ほほ笑んで、心が和むのを感じた。なんとすてきな言葉だろう。彼も同じことをしたかった。ふたりの少年を抱きしめたかった。

「えらいぞ、ちゃんと小さな声で話してて」

家の片側の窓が一ヵ所、わずかに開いていた。家具から判断して、寝室のようだ。グレーンスは台になりそうなものを探し、ブリキのバケツをひっくりかえした。これに乗れば、窓に身体を押しこんで窓枠を越えられるだろう。

格子模様のパンケーキを作っていたときも、あのふたりの少年は、これ以上苦しみを味わうべきではないと思わずにいられなかった。これ以上ひどい目に遭えば、立ち直れないかもしれない。にもかかわらず、同じふたりがいま、自宅で殺人の容疑者から隠れている。

グレーンスは身体を伸ばし、留め金を緩《ゆる》めて窓を押し上げ、窓枠に上半身を引っかけて身体を中に押しこんだ。

驚くほど簡単に部屋に入ることができた。

彼も声をひそめる。

「もうじきそっちに行く、ヒューゴー」

「どこにいるの――遠く？」

「もうちょっとの辛抱だ。そこにいてくれ。ラスムスを抱きしめたまま。約束できるか」

「やくそ――」

とつぜん静かになった。

「ヒューゴー、おい、どうしたんだ？」

「来た、エーヴェルトさん。すぐそこに。きっと電話の音が聞こえたんだ。ここにいるよ、地下に。僕たちが隠れてる場所に」

11：01
（残り五十九分）

スクリューの回転を止めた船がズワーラの港の内側の埠頭《ふとう》を過ぎると、彼は手すりを飛び越えた。船尾から青緑の海に飛びこむ。密航組織の武装した見張りから、それほど離れていない場所で。

漁船は燃料を残したまま、コンクリートの波止場へ向けて最後の距離を滑るように進んだ。ピート・ホフマンは半分に折った釣り竿を手に、糸をどんどん伸ばしながら水に浮かび、その間に船はブイに数度ぶつかって、みずからの意思があるかのように停止した。

彼はボディガードたちが船に飛び乗るまで待った。乗組員——操舵室の船長と船首の見張り——が、もはや自発的には立っていないことに彼らが気づくまで。ピートはリールのストッパーをかけ、糸を止めた。ぐいと引いた瞬間、点火棒の着火レバーが引かれ、スイッチがオフからオンになる。

魚がかかったような感触だった。

爆発は時間を置かなかった。

すさまじい衝撃波、暴れまわる猛烈な炎。ディーゼルの黒煙がもうもうと噴き出す。思い描いていたとおりだ。核実験のキノコ雲のようだった。それが船を包みこみ、港全体を呑みこんだ。

これで気づかれずに岸まで泳ぎ着き、クレーンまで行って、キリンの頭に上ることができきるだろう。そこに吊り下げた袋を手にできる——最後に残された脱出手段。

11:09

（残り五十一分）

ヒューゴーはラスムスを抱き寄せた。エーヴェルトに言ったとおりにする——エーヴェルトに言われたとおりに。弟を抱きしめる。

似顔絵の男がふたたび地下を歩きまわるあいだ。

足音。

あきらめようとしない。どんどん近づいてくる。

男はさっきよりも大きな音を立てて洋服だんすを開けたかと思うと、乱暴に棚を調べ、引き出しを開ける。そして、中を調べ終えても立ち去らずに、その場にいた。薄い壁をゆっくりと爪で引っかいているようだ。

ヒューゴーは何度も何度も弟を抱きしめた。ふたりの心臓は、生き物のように大きく鼓動していた。

あの目、あの瞳孔《どうこう》が、すぐそこにある。

腕を伸ばせば届くところ、木の板の向こう側に。

時間の感覚がなくなった。ときどき、そういうことがある。どれだけ長い時間が過ぎたのか、わからなくなる——それとも、まったく時間が経っていないのか。

そのとき、またしても軋《きし》む音が聞こえた。地下のドアが閉まっている。そして、あの足音。足音は聞こえなくなった。

ヒューゴーは、もう一度電話をかける勇気がなかった。

無理無理無理無理無理無理、ぜったいに無理。

けれども、かけなければならない。

「エーヴェルトさん？」

できるかぎり小さな声でささやいた。電話に出たエーヴェルトも、ささやく。

「うん？」

「いま、どこ？　あの男は……ここにいたけど、もう行っちゃった」

「家の中だ。きみのお父さんとお母さんの寝室だと思う。だが、きみとラスムスの居場所がわかっているかどうか……たしか地下だったな？」

「そう。パパの仕事部屋。洋服だんすの中。ていうか後ろ。秘密の部屋。知らないと気づかないよ」

エーヴェルトはあいかわらず小声だったが、今度は厳しい口調になった。怒ってはいない。そうではなくて、パパやママもときどきそうするように、きっぱりとした話し方。

「ヒューゴー、よく聞くんだ。そこから動くな——一歩も。ラスムスのそばを離れるな。俺にも、ほかの誰にも電話するな。きみの任務は、もう一度俺の声を聞くまで、その秘密の部屋でじっとしていることだけだ。俺の言ってることがわかるか、ヒューゴー？」

「うん」

「言うとおりにすれば、なんの心配もない。いいな？」

「わかった、エーヴェルトさん」

11：14

（残り四十六分）

すべてを包みこんでいた灰色がかった黒煙が、徐々に薄くなる。ピート・ホフマンはクレーンをよじ登った。キリンの脚から身体、首へ。カモメの鳴き声はオマールと会計士の叫び声に取って代わられた。パニック。大混乱。まさにこの仕事にふさわしい。

キリンの頭に革紐《かわひも》で掛けられた布の袋。彼はライフルと銃弾の箱を取り出し、拳銃はとりあえず袋に残したまま、電話の翻訳プログラムを立ち上げた。今度は造船所と埠頭《ふとう》に取りつけたマイクが敵のやりとりをとらえ、音声翻訳機の役割を果たす。

《どうなってるんだ？》

オマールは炎に包まれて浮かぶ漁船の残骸《ざんがい》の前まで来ると、ホフマンが爆発を起こしたときには運よく船に乗っていなかった――おかげでまだ生きている――ボディガードのひとりに叫んだ。

《わかりません。何かが――》

《スウェーデン人は？　スウェーデン人だ！　あのスパイ！》

《船には乗ってません。どのみち生きてないでしょう》

《それは……確かなのか？》

《船は隈《くま》なく捜しました。残骸を》

《応援を呼べ。すぐに！》

ピート・ホフマンは、彼らがいるとおぼしき場所にライフルを向けた。照準器をのぞくと、オマールが電話を取り出して応援を呼ぶ様子が間近に見えた。

そうはさせるか。

11：17

（残り四十三分）

アンニがこの世を去って以来、エーヴェルト・グレーンスは誰かの人生に責任を感じたことはなかった。ある意味では、みずからの人生にさえ。ところが、とつぜん責任を持つことになった。ふたりの少年が彼を信頼しようと決めた。そしてどういうわけか、誰にも触れられたくないと思っていた彼自身の心に触れた。ふたりに話しかけられ、見つめられて、何かを感じた。最近は何ごとにも意味を見いだせなかったにもかかわらず。

だが、やはり彼を信頼したもうひとりの少年が、血痕《けっこん》の残されていないベッドで遺体となって発見されると、その責任は形が変わった。あまりに長いあいだ閉ざされていた心を開いた責任。やわらいだ心が硬く、醜くなると同時に、とつぜん重苦しくなった。

あたかも、子どもたちの大好きなコンピューターゲームの中にいるかのように。

架空の世界に閉じこめられたかのように。

悪者――殺人犯――は一度攻撃し、次の機会を狙っている。善人――子どもたち――は秘密の部屋に逃げこんで隠れている。ひとりのプレーヤーがその状況を打破する。みごとに救出したら、新たなゲームが開始して通常の人生に戻る。

そんな感じだった。

だが、実際にはそうではない。

全員が閉じこめられている。皆、同じ場所に。殺人犯と獲物とプレーヤー。そこまでは変わらない。けれどもこの世界は現実で、この家は実在し、作りごとはいっさいなく、あらゆる行為の結果は取り消すことができない。

グレーンスは、その意味をじゅうぶんに理解していた。

誰かと親密になり、その人生に責任を感じつつも守りきれないというのが、どんなことなのか――自分のすべてである女性が徐々に消えていくのを目の当《ま》たりにするのが、どんなことなのか。だから、ふたたび人を殺しにやってきた殺人犯と対決するために、自分とは血のつながりもない家族の家の寝室を忍び出る際に、グレーンスの頭の中にあったのは、ただひとつの明確な考え、意志だった——自分が責任を持つ命が失われるのは、二度と見たくない。

そうなるくらいなら、みずからの命を失うほうがましだった。

その重荷をふたたび背負う——彼にはそれだけの力がなかった。身体にも、心にも。

無意識に、すり切れた革のホルスターに手を這《は》わせた。上着の下の十字架に。右手に持った銃は奇妙なほど軽かった。これまでに銃を構えた数少ない機会に、この感覚を経験したことがある。ほんとうに必要なときには、重さはほとんど感じない。

グレーンスは寝室のドアを静かに、用心深く開けた。捜査官としての職務は、犯罪が行なわれたあとの現場に駆けつけ、そこを隈なく調べ、何が起きたのかを解き明かし、なぜ人が傷つけられたり殺されたりしたのか、時間をかけてその答えを探すことだ。ところがいまは、勝手がわからない家で、長い警察官人生でも未経験のことをしている——殺人が起きる前に殺人犯と対決する。

一歩、もう一歩、つい数日前にヒューゴーがひそかに聞き耳を立てていた廊下を進む。

エーヴェルト・グレーンスは足を止めた。いまは彼が聞き耳を立てている。けれども聞こえるのは、キッチンの壁で大きく時を刻む時計の音、冷蔵庫のモーター音、外の路上で車が何かに鳴らしたクラクションの音だけだった。

この場所に立ち、ヒューゴーと話したことをごまかすためにトイレの水を流したバスルームのほうに少し身体をかたむければ、地下へ下りる短い階段が見える。

彼らはそこにいる。男の子たち。彼が責任を負うふたり。

彼が。

警部は壁に身体を押しつけたまま進んだ。

キッチンへ。ヒューゴーが黒い靴と黒いズボンを見た場所だ。見覚えのある目をした男の。

そこへ向かわなければならない。

エーヴェルト・グレーンスは、ありとあらゆる勇気、ありとあらゆる怒り、みぞおちにたまった長年の辛苦を残らずかき集め、最後の一歩を踏み出す力を振り絞った。角を曲がれば、そこはキッチンだ。

肩の高さに銃を構えた。若いころよりも少しだけ震えていたかもしれない。

そして入口から身を躍らせた——キッチンテーブル、食器棚、コンロ、シンク。

誰もいない。

ヒューゴーは幻を見たのだろう。

子どもには、よくあることだ。

グレーンスは少し息を吐いた。少しリラックスして、警戒心を緩《ゆる》めた。

その瞬間、後頭部に激しい一撃をくらい、キッチンの床に頭から倒れこんだ。

顔にまともに衝撃を受けた。

頬の内側で何かが砕けた。上の歯が何本か抜けている。あごの先も軋《きし》むような音を立てた。だが、不思議とどこも痛くなかった。数十年ぶりに走った今朝《けさ》と同じく。

横たわったグレーンスは、今度は頭のさらに上、三発目は頭頂部に打撃を受けた。

二本の手が上着をつかみ、彼をひっくりかえした。

エーヴェルト・グレーンスは仰向《あおむ》けで身を守ることもできないまま、ヒューゴーが隠れる前に見たものを目にした。アマドゥが見て、彼を死に至らしめたもの――左右で瞳孔《どうこう》の大きさが異なる目。男は、警察の似顔絵画家が描いた幽霊に思いのほか似ていた。ほぼ丸刈りの頭、小さな鼻、歯並びの悪い歯、数日分のあごの無精ひげ。そして男の手に握られていたのは、昔、工作の授業で使ったことがある〝千枚通し〟という道具に似ていた。長く鋭い金属の切っ先が柄に取りつけられたもので、ほとんど目立たずに深い傷を負わせ、肺や心臓を貫き、胸部やベッドには少量の血液しか残さない――およそコーヒーカップ一杯分の。

なんとも奇妙だった。

エーヴェルト・グレーンスが抱いた感情は失望に近かった。よりによって。長い人生で抱えてきた不安が、すべて無駄だったかのように。死そのものを恐れていたからではない。死は空虚であり、大きな沈黙だ。無である。しかし記憶にあるかぎり、彼は日に日に死ぬことの恐怖にとらわれるようになっていた。正確には、死を前にした瞬間、死が間近に迫っていると気づいた瞬間の恐怖に。もはや何もわからず、感じることも、考えることも、見ることもできず、音もにおいも味もわからなくなるという感覚。身体の機能が止まりかけていることを意識する瞬間。その苦悶。最後の地獄のような恐怖。

ところが――何も感じなかった。

鋭い武器を手にした男、殺人犯が自分を見下ろし、いまにも心臓をひと突きにしようとしているにもかかわらず――何も感じなかった。

11:19
(残り四十一分)

ここぞという瞬間まで、ピート・ホフマンは引き金を引きたくなかった。発砲すれば居場所がばれる。

オマールは二度、電話をかけたが、つながらなかった。彼は三たび番号を押し、ホフマンは待った。ぎりぎりまで。やっとのことで応援が電話に出た。

いまだ。

だが、この場で命を奪うのはまだ早い。

そこでホフマンは携帯電話に狙いを定めた。弾が命中すると、電話だけなく、オマールの手も吹き飛ばされた。

11：20
（残り四十分）

死の直前の瞬間が、長年の不安に値しないということには失望した。だが、同時に驚きでもあった。まさに世間でよく言われているような感覚だった。時間が徐々に止まる。命の最後の瞬間を実感するあいだ、一秒が果てしなく長くなる。

エーヴェルト・グレーンスは、心臓に向けられた長い金属の道具の鋭い先端を見つめた。何がいつ、どうなるのか、はっきりと悟っていた。キッチンの時計がドラムのような音を立てて時を刻み、コンロの上の明かりは太陽よりも明るく、殺人者の息はゴミ捨て場より強烈な悪臭を放っている。

それが最後の瞬間。

だが、それだけではなかった。あそこに。あそこに。刃と同じ高さ、その後ろ、ほんの数メートル離れたところ。何かが動いた。人。ヒューゴー。

そして武器。

ヒューゴーは九歳の手に銃を持っていた。

そのまぎれもない音が他のすべてをかき消し、グレーンスのあらゆる考えは不可解かつ不要となった。

ヒューゴーが銃を撃ったのだ。彼は反動で仰向けにひっくりかえり、銃弾は換気扇をかすめて傷をつけ、そのまま壁にめりこんだ。

ヒューゴーが銃を撃ち、的をはずした。

だが、グレーンスの上にいた男を振りかえらせるだけの効果はあった。その隙に警部は幽霊の脚をつかんでねじり、男を押しのけてキッチンの床に突き飛ばした。千枚通しは男の手から落ち、グレーンスはそれを拾い、振りかざして、男の心臓に突き刺した。

11：21
（残り三十九分）

オマールの手を吹き飛ばした銃弾で状況が一変した。ホフマンの居場所がばれた。そこで彼はさらに五発撃った。オマールの両側にいたボディガードに一発ずつ。本部から飛び出してきた見張りに一発。そして倉庫の外で、次の密航船の出航を待つ難民を見張っていた男たちに一発ずつ。

いよいよフランクの出番だ。彼はきちんと指示どおりに動いていた。合図を待ち、船が爆発すると、電話を手に難民のいる倉庫の裏にまわった。

「準備はいいか？」

「見ればわかるっていうのは、そういう意味だったんだな、コズロウ。あれなら見逃すわけがない」

煙の雲はほぼ消え、ピート・ホフマンはクレーンの上からライフルの照準器越しにデンマーク人の友人を探したが、姿は見えなかった。

「フランク、おまえに任せてもいいか？」

「そんなふうに訊かれるのは心外だ」

「よし、いまから言うとおりにしてくれ。見張りは動けなくなったから、難民を集めるんだ。五十人、多くても七十五人くらいだろう。彼らを離れたところに移動させる。それから、空《から》になった倉庫に戻って準備してくれ。各柱に二百五十グラムの導爆線を巻きつける。あの建物を完全に破壊するには、ふたつの方向から圧力をかける必要がある——爆薬を二カ所に仕掛けて、鉄の梁の右端を下方向に、左端を上方向に吹き飛ばす」

「持ち時間は？」

「必要な分には、ほど遠い」

「それなら、いつものことだ」

クレーンのてっぺんからは海を一望できた。ホフマンはどこまでも広がる海上を見つめたが、現金輸送船はまだ見えなかった。

「もうひとつある、フランク」

「なんだ？」

「オマールに気をつけろ——トリポリで見張っていた男だ。それから会計士、三十代半ばの女にも。そこに残っているのは、そのふたりだけだ。だが、万一出くわしても撃つな。あいつらは俺の獲物だ。俺が落とし前をつける。生かしておきたい」

「ほかに選択肢がなかったら？」

「選択肢はある。いいな？　ただし、難民については選択肢はない。彼らはすでに怯《おび》えて、興奮している。そこにきて、この混乱だ。おそらくパニックを起こすだろう——だが、それでもあの倉庫から連れ出さないといけない。木《こ》っ端《ぱ》微塵《みじん》に吹き飛ばす前に」

11：22
（残り三十八分）

死んだ。

エーヴェルト・グレーンスは男の手首の内側にそっと指を当てた。脈はない。それはすでに確かだったが、念のため、気管の横に指二本を置いた。

生まれてはじめて人を殺した。

四年前、人を殺したと思ったときがあった。重警備刑務所で起きた人質事件で、ピート

・ホフマンを撃つよう命じたのだ。だが、あとで彼が生きていたことが判明した。
いま、彼はホフマンのために殺した。

キッチンの床に動かずに横たわっている幽霊は、グレーンスが捜査に関わってきた数々の殺人事件で目にしてきたのと同じ、犠牲者となった。

だが、何も感じなかった。恐れていたこと——他人の命を絶つことに対する罪悪感、恥、懸念——は、いっさいなかった。当然の報いだ。子どもの命を奪い、さらにふたりの命を奪いかけ、そのために俺を殺そうとしたんだ——おまえがこの世に存在する権利、生きる権利は消滅した。

グレーンスは地下の階段へ急いだ。ヒューゴーのもとへ。青ざめて、震えながらそこに立っていたが、グレーンスが差し出した手を握りしめる。

「ラスムスは？」

「下」

「案内してくれ」

地下へ向かう短いあいだにスヴェンに連絡する。彼はまだヘルマンソンとともにグループホームの犯行現場にいた。グレーンスは、すぐに来るようふたりに命じた。そして、スヴェンが〝何があったんだ、エーヴェルト？〟と尋ねる前に電話を切った。

「ここだよ、エーヴェルトさん。ていうか……向こう」

ヒューゴーはグレーンスを父の仕事部屋へ案内し、片隅を指さした。

「あの洋服だんすの中。秘密の部屋にいる」

警部は、九歳の少年がデスクチェアを洋服だんすまで移動させるのを手伝い、華奢《きゃしゃ》な背中がそこによじ登って、隠しレバーを押し下げるのを見守った。壁が開いて秘密の部屋が現われると、ラスムスが飛び出してきて、グレーンスのひどく殴られた姿を見て一瞬、足を止めたものの、それでも笑いと涙で顔をくしゃくしゃにしながら首に抱きついてきた。

グレーンスはラスムスをしっかり抱きしめながら、ヒューゴーを振りかえった。

「これは？」

「パパの部屋。でも秘密なんだ」

「だが、きみは知っていたのか、ヒューゴー？」

「内緒だよ。いい？」

グレーンスは少年の真剣な顔を見て、うなずいた。

「ここで銃を見つけたのか？」

ヒューゴーは銃器保管庫のような金属製のキャビネットを開けた。

「ほら。もっとある。ナイフも。それから、これは手榴弾かな」

なんてことだ。

ホフマンは、子どもたちが毎日朝食をとるキッチンテーブルのすぐ下に、これだけのものを隠していたのか？

潜入捜査員の必需品と日常生活。銃器保管庫のほかにも、ブリーフケースがいくつか、警察官が使用するものよりもはるかに高性能な防弾チョッキが掛けられたラック、暗証番号が設定された金庫。

潜入捜査員の日常生活――だが、それはずいぶん前の話だったはずだ、ホフマン。大昔の。俺との約束。おまえの家族との。

その約束を、おまえは破った。

「前から知ってたのか、ヒューゴー、そこに銃があるのを？」

「うん。ずっと前から。ときどきここに入ってるから」

「だが、どうやって……撃ち方を覚えたんだ？」

ヒューゴーはきまり悪そうに床を見つめた。

「検索したんだ。ラドムって名前の銃で、パパと同じポーランドから来たんだよ――パパのパパとママと同じ。撃ち方はＹｏｕＴｕｂｅ《ユーチューブ》を見ればわかる。撃ったことはない、ほんとだよ、エーヴェルトさん。だけど覚えてたんだ。そのとおりにやったら撃てた」

エーヴェルト・グレーンスは、もう一度だけ部屋を見まわした。スヴェンとヘルマンソンはあと数分で到着するだろう。彼はヒューゴーとラスムスの手を取ると、やさしく秘密の部屋の外へと促した。

「ヒューゴー、銃を元にあった場所に戻してくれないか。それから、ほかのものも全部、きちんと元どおりにするんだ。それで外からドアを閉める。やり方はわかってるな」

少年の言ったことは嘘ではなかった。彼は何度もこの部屋に来たことがあり、すべてのものの置き場所を知っていた。警部がいじった金庫の暗証番号をすべてゼロに戻すのも忘れなかった。

「パパはいつもそうしてる」

「それでいい。みんなそうするものだからな。これで俺たちは秘密を共有してるだけじゃない——でっかい秘密を共有したんだ。ヒューゴー——上で起きたことは誰にも言っちゃいけない。いいな？ きみはあそこにいなかった。あの男が倒れる直前に、何もしなかった。約束できるか？」

「約束する」

「きみはとても勇敢だった、ヒューゴー——ヒーローだ。この話は、あとでふたりでたくさんしよう。忘れたりはしない。ぜったいに。だが、いまほかの人に話したら、少しばかり……厄介《やっかい》なことになる。必要以上に。パパとママにとって」

「誰にも言わない。このことは」

「きみもだ、ラスムス。この秘密の部屋のことは、お兄ちゃんと同じようにしなきゃいけない――知っていても、けっしてしゃべらない」

その間もずっと、ラスムスはグレーンスの手を握っていた。そして答えるときは、自分よりもはるかに大きな手の中で精いっぱい拳《こぶし》を握りしめた。とても大事なことだと強調するように。

「僕だって黙ってられる。いろんなことわかるよ、僕だって」

「知ってるよ、ラスムス」

グレーンスは少年を抱きしめてから手を離した。抱きしめる。最後に誰かを抱きしめたのがいつだったか、彼には思い出せなかった。

「そうしたら、ふたりともここにいるんだ。仕事部屋に。俺がいいと言うまで上がってきちゃいけない。約束できるか――それも?」

「約束する」

ふたりは同時に答えた。エーヴェルト・グレーンスはにっこりして階段へ向かい、一階の廊下に上がると、スヴェンとヘルマンソンを待つべくキッチンに戻った。そこに死んだ男が横たわっていた。幽霊。その男はコンテナの扉を開けただけでなく、密航組織のためにさまざまな仕事をしていた。完全犯罪を達成する任務を負った殺し屋だった。警部の心臓を狙ったのと同じ凶器で、ガイドとアマドゥを殺した。スウェーデンの窓口役の命令で、あるいはヘルマンソンの考えが正しければ、組織全体のトップの命令で。

11:26
(残り三十四分)

本部。仕掛けたマイクによると、そこにオマールが逃げこんだ。会計士の手を借りて――同じくマイクを介した翻訳機によれば、彼女はずっと本部で待機していた――かつて手のあった断端《だんたん》からの出血を止めようとしていた。ピート・ホフマンはクレーンを下りると、そこへ急いだ。

入口は一カ所だけだった。吹き抜けの階段。別の侵入口を探す必要がある。建物の正面《ファサード》にはでこぼこや穴が多数あり、この地区一帯の多くの建物と同じく、ほとんど補修されていなかったが、むしろホフマンにとっては好都合だった。モルタルのはみ出した煉瓦《れんが》を二階まで上るのは、キリンの頭によじ登ることにくらべれば朝飯前だ。

オマールは大部屋の机に横たわっていた。

左腕の先端に血まみれの包帯が巻かれている。

最も安定した足場から窓越しにのぞいたかぎりでは、それしかわからなかった。ここまで上ると、壁はあちこちが崩れかけ、穴に足を半分ほど押しこむことができた。ホフマンは会計士の姿を探した。金庫室のドアがわずかに開いているようだ。彼は電話を取り出し、内部のウェブカメラに接続した——前回は、金庫に暗証番号を入力する会計士の指を鮮明にとらえている。

つながらなかった。マイクも、カメラも。

発見されたのだ。

当然だ。

おそらく暗証番号も変更したにちがいない。

現金輸送船が近づき、警備員がホフマンと同じく暴力に長《た》けているであろうことを考えると、残された選択肢はひとつしかなかった。

衝突、対決。それによって扉が開いた。

今度は窓が開く。

11：30
（残り三十分）

スヴェンとヘルマンソンの乗った車が門の前に停まったとき、エーヴェルト・グレーンスはキッチンテーブルに座っていた。どうにかうまく片づけた。わずか数分のあいだに、バスルームの棚からピンセットを持ち出し、何度か失敗したのちに、換気扇の横のコンクリートの壁にはまりこんだ銃弾を取り出すことに成功した。その銃弾は上着の内ポケットに入っており、警察本部へ戻る途中でヴェステル橋を渡るまで、入れたままにしておくつもりだった。車の窓から思いきり遠くに投げれば、九歳の少年と銃の冒険譚《たん》はメーラレン湖の底に沈むだろう。

アフリカでの約束から、ストックホルム南部の壁の銃弾に至るまでの物語。

この家から目を離さないと約束した。ホフマンがスウェーデン警察に協力しているあいだ、彼の家族には何も起こらないと。

どっと疲れが押し寄せ、さんざん痛めつけられた顔が疼《うず》きはじめた。

ひとりの少年が、ろくに知らない年老いた刑事を信頼し、父親が電話をかけてきた際に銃声が聞こえたことを打ち明けた。それと同じ音を、今度は自分の家で耳にしたのだ。安全このうえないはずの場所で。しかも、自宅のキッチンの床で死んだ男も見ている。

心配するな、ヒューゴー。きっときみを助けてみせる。

玄関のドアが開いた。スヴェンの静かな足音と、ヘルマンソンの力強い足音が聞こえる。ふたりの歩き方には、それぞれの性格がよく表われていた。

「キッチンにいる。入って右側だ」

ふたりはカウンターの水切りかごのそばにある入口で足を止め、キッチンを見まわした。仰向《あおむ》けに倒れた死体。

その横の椅子に、顔をぼこぼこに殴られた上司。

「エーヴェルト、いったい全体、何が——」

「ふたりでこれを片づけてくれ」

「——あったんだ？」

「手早く頼む。迅速な初動捜査を。それから——」

「病院に行かないと——」

「——事情聴取も迅速に済ませてくれ。一部始終を聞きたいのなら。この家の住人は、俺たちが必要以上に長く彼らの生活に関わることを嫌っている」

11：32
（残り二十八分）

最初の三発は窓ガラスを割った。次の弾はオマールの右膝に命中した――片手を失い、片脚が使いものにならなければ、どこにも行けないだろう。ピート・ホフマンは手袋をはめていたが、窓枠に手をついて本部の大部屋に飛びこむ際に手のひらを切った。一秒後、彼は金庫室の前にいた。ドアはわずかに開いている。衝突。対決。銃を片手に、ドアをつかんで開けた。

彼女は金庫の上に座っていた。

例のごとく高級な服、金縁眼鏡《めがね》、氷のような表情。そしてリボルバー。最初に会ったときに、彼の額に血が出るまで銃口を押し当て、耳のそばを撃って一時的に聴力を奪った銃――それをまっすぐ彼に向けていた。

「銃の腕はあなたに負けないわ、コズロウ。意志も、早撃ちも」

ふたつの銃口。安全装置がはずされた、ふたつの凶器。

「それに、私には失うものがほとんどない。あなたのことは調べさせてもらった。妻と幼い子ども。だけど、私はひとり」

「あんたは家族と同じくらい大事なものに座っている。金だ。それを失えば、あの見張りのように死んだも同然だ。俺の家族は、ここから遠く離れた場所にいる。ぜったいに安全だ」

彼女は奇妙なほど落ち着いていた。

「そうかしら」

ホフマンの知らないことを知っているかのように。

「ぜったいに安全。ほんとうに？」

自分には何ひとつ失うものがないかのように。

「あなたが撃てば、私も撃つわ、コズロウ。そうしたら、ふたりとも死ぬ。だから五秒数える。そのあいだにここから逃げて。そうすれば、お互いに生きてここを出られる」

自暴自棄になっているわけではない。怯《おび》えてもいない。わけがわからなかった。

「五」

まさしく彼女が言うように、殺すのは簡単だ。だが、生かしておくつもりだった。徐々に死なせるつもりだった。

「四」

はったりではない。

「三」

ホフマンは確信した。

「二」

決断しなければならない。いま。

「い――」

銃声。

誰かが発砲した。

弾は彼女の目を貫き、彼女は前のめりに倒れた。誰かが発砲した――だが、ホフマンではなかった。会計士でもない。

「その女は本気だった」

ついさっきホフマンが入ってきた窓から声が聞こえた。

「聞いただろう？　あんたは生かしておきたいって言ったが……」

ピート・ホフマンは振りかえった。フランク。窓の外でおそらく同じ穴に足をかけ、片腕を窓枠から差し入れて撃ったのだ。

「……あんたを撃っていたにちがいない、コズロウ」

彼女は真剣だった。偽りのない本音を話していた。生きていたのは、宗教でもイデオロギーのためでもなかった――もっぱら金のためだけ。そのためなら死ぬ覚悟も持っていた。

目の前の金庫の中にある金のためなら。

ホフマンは八桁《けた》の暗証番号を入力した。

鍵はかかったままだ。

「おまえは番号を撃った」

「なんだって？」

「フランク、新しい番号を知っているのは彼女だけだった」

ぼさぼさの髪に、あごひげを伸ばした男は肩をすくめた。

「だったら……」

「それに、ここで何をしてるんだ？　おまえの仕事はほかにあるはずだ」

「難民だろ。だが、ちょっとした問題があった。やつら、倉庫から動こうとしないんだ」

「番号がわからなければ問題が増える。導爆線を数メートルくれ。金庫は俺がどうにかするから、おまえは自分の問題をどうにかしろ、フランク。威嚇《いかく》射撃だろうが脅しだろうが、なんでもやれ。彼らが出ていかないと準備ができない。とにかく時間がないんだ」

ホフマンは割れた窓ガラスを乗り越える彼に手を貸した。そして、フランクがチュニスのロブから受け取り、バックパックに入れて運んできた数百メートルの導爆線を引きちぎり、箱に入った十九個の起爆装置のひとつを取り出すと、念のためオマールを縛り上げてから、ふたりはふたたび別行動をとった。

選択肢はふたつ。より綿密な方法は時間がかかるが、現金はすべて無傷で済むだろう。あるいはもっと手っ取り早く、もっと手荒な方法もあるが、大きな音とリスクは避けられない。

慎重な方法とは、金庫——鋼鉄とコンクリート、さらに鋼鉄の層——に穴を開け、そこに数百リットルの水を注ぎ、短く切った導爆線を押しこむ。すると爆発は小さく抑えられ、音も響かない。中身に損傷を与えることもないだろう。紙幣は濡れて重くなるが、乾かせば価値は変わらない。

より手荒な方法は、導爆線を金庫の扉のまわりの隙間に沿ってテープで留め、上の蝶《ちょう》番《つがい》の周囲にぐるぐる巻きつけ、下の蝶番にも同じようにしてから起爆装置に接続する。スイッチを入れる前に、縛り上げたオマールを運び出さないと、爆発が起きれば、この建物全体の窓だけでなく、周辺の建物の窓ガラスもすべて吹き飛ばされることになるだろう。

ホフマンは時間を確かめた。残り二十五分。ズワーラの港に近づいている輸送船は、まもなく双眼鏡の視界に入るはずだ。

時間がない。彼は唯一の代替手段を選んだ。

オマールを連れ出し、会計士の遺体を移動させてから金庫を爆破しなければならない。中の二千万ドルが灰にならないことを祈るばかりだった。

11：44
(残り十六分)

スヴェン・スンドクヴィストが鑑識と法医学者と援軍に電話をかけるあいだに、エーヴェルト・グレーンスはソフィア・ホフマンに連絡した。わずか数分のうちに、ホフマンの家は、さまざまな声や意志や感情が陣地争いを繰り広げる場となるだろう。そのため、グレーンスは事情聴取を迅速に行なうよう繰り返し命じ、キッチンテーブルで、彼の言葉を残らず録音する携帯電話を前にして、ヘルマンソンの向かいに座った。

マリアナ・ヘルマンソン（ＭＨ）：まだわかりません、警部。
エーヴェルト・グレーンス（ＥＧ）：何がまだわからないんだ？

マリアナ・ヘルマンソンは怖いもの知らずで妥協せず、結果がどうなろうと、いつでも思ったことを口にする。周囲からは〝厳しい〟と言われることもある。まさにそのとおりだ。だが、どんなときでも、最も厳しいのは自分に対してだった。他人に強要されるまでもなく、みずからを厳しく律した。そうやって、いままでやってきた。自分のことは自分でわかっている。だが、それでもこの状況は気まずかった。上司の向かいに座り、骨が折れて血を流した痛々しい顔を見つめながら、足元に死体が横たわっていた容疑者に対して、尋問官がかならず投げかける質問をしなければならないのだ。

ＭＨ：あなたは六十四歳ですね。
ＥＧ：それは如何《いかん》ともしがたい。
ＭＨ：身体機能の衰えは隠せません。
ＥＧ：それについては、どうにかできるかもしれない。
ＭＨ：そこに横たわっている男は三十代半ばに見えますが？

EG：そんなところだろう。
MH：体格もよくて、がっしりしている。違いますか？
EG：そのようだ。
MH：では、この身体状況の格差にもかかわらず、あなたの言葉によると、後頭部を殴られて前に倒れ、その結果、顔面を負傷したにもかかわらず、また死亡した男はあなたに飛びかかり、武器を、すなわちこの千枚通し、昨夜の十四歳の少年および地下道での中年の男性の殺害で使われたように、左肺や心臓を貫けば凶器となりかねないものを振りかざしたというのに——そうしたすべての事柄にもかかわらず、あなたは彼を取り押さえたと主張するんですか？　彼を押しのけたと？　そして自身の命を守るために、彼の命を奪ったと？

エーヴェルト・グレーンスは彼女の言葉に耳をかたむけた。そして、きわめて優秀であるとあらためて実感した。だが、そんな彼女でも、自分とヒューゴーが黙っていれば、真相を突き止めることはできないだろう。真相を知っているのは、そのときこの場にいた三人のうち、まだ生きているふたりだけなのだ。

EG：そうだ。

MH：ほんとうに？

EG：そうだ。

MH：だけど、どうやって、警部？　それだけの力はどこから？　そんな無防備な体勢から、間違いなく死を覚悟したはずの体勢から、どうやって――自分よりもずっと若くて、何度も人を殺している相当に強い男を、いったいどうやって取り押さえたんですか？

EG：ときには説明のつかないこともあるものだ、ヘルマンソン。小さな天使が味方してくれたのかもしれない。

その瞬間、グレーンスは、おそらく無意識に地下のドアのほうを見やったが、マリアナ・ヘルマンソンは気づかなかった。

スヴェン・スンドクヴィスト（SS）：ひとつ訊きたいんだが。

MH：なんなりと。といっても、彼はすでにどう答えるか、決めているような気がしますけど。何を訊かれたとしても。

この短い尋問が行なわれているあいだ、スヴェンは鑑識の到着を待ちつつ、自身でもキッチンを調べていた。彼はビニールの手袋をはめた手で換気扇と、その横の壁を指さした。

ＳＳ：換気扇に傷がある、端のほうに。
ＥＧ：そうか？
ＳＳ：壁の小さな穴につながっているような引っかき傷だ。
ＥＧ：なるほど。
ＳＳ：それで、床や幅木《はばき》に顔を近づけてみたら、何かの小片が落ちていた。きわめて少量の。壁と同じ材質のかけらが。つまり、ホフマン家の人間が掃除があまり得意ではないか、あるいはその穴ができたばかりかのどちらかだ。
ＥＧ：それは質問か？
ＳＳ：質問はこうだ、エーヴェルト。あの壁に穴が開いたときに、きみはここにいたのか？
ＥＧ：いいや。
ＳＳ：ということは、きみが男を殺した場所の真後ろの壁にできたばかりの穴についいでは、何も知らないということか？
天使のことを口にして地下のドアを見たときと同じく、エーヴェルト・グレーンスは無意識にポケットに手をすべりこませ、発射されたばかりの銃弾を握った。だが、どちらの尋問官も気づかなかった。

EG：そのとおりだ、スヴェン――それについては、俺はいっさい知らない。

11：54
（残り六分）

千六百万ドルは思ったより重い。
彼らはオマールの戦争仕様の車でズワーラの港の門を出た。鞄《かばん》には古いドル紙幣がぎっしり詰まっている。金庫の下段にあった約百万ドルは、爆発で燃えてしまった――だが、今月分の密航による収益の大半を持ち出した。それでじゅうぶんだろう。

武装した警備員を乗せた輸送船は、いまや肉眼でも見えるようになり、穏やかな地中海をすべるように近づいてくる。到着すると同時に、犯罪組織の残骸《ざんがい》を目《ま》の当たりにすることになるだろう。ピート・ホフマンは電話を出し、GSM制御の起爆装置に大量のテキストメッセージを送った。導爆線とともに、フランクが倉庫のすべての柱に、ホフマン自身が密航船のすべての燃料タンクの中と本部の床に仕掛けてまわったものだ。遠くから見ると、すべてが同時に空中に吹き飛ばされる光景は美しくもあった。

11:57。

任務完了。

三時間は、三分や三秒と同じくらい長かった。

第六部

ソフィアが錆《さ》びた表門へ急ぎ、家族が安心して暮らしはじめたばかりの、勇気を出して当たり前の生活を送っていた家へ続く七段を駆け上がると、玄関のドアの前で、白い布に覆《おお》われた遺体を運ぶストレッチャーに出くわした。その瞬間、ある考えが脳裏をよぎった。当たり前って、なんなんだろう。コロンビアでも同じようなことがあった。逃げていたときに――スウェーデンの刑務所の終身刑から、ポーランドのマフィアの死刑宣告から、そしてホワイトハウスの死刑宣告から、さらには南米の麻薬カルテルの死刑宣告から。そうしたなかで、彼女は当たり前ではない状況を受け入れた。そうした状況を予想さえした。けれどもここで、自分たちの家で、エンシェーデという郊外で、生まれ育ったストックホルムの中心地から半マイルほど離れた街で、当たり前の生活が現実だと考えてもいいのだと思いはじめていた。だから、驚きはしなかった。いままでさんざん見てきたことだから。別の世界で暮らしていた歳月が長すぎたから。だが、それでも心臓が張り裂けそうだった。子どもたちのことを思うと。子どもたち。どこにいるの？　どんな思いで。何を……。

「ここだ、ソフィア。だが、キッチンには行かないでくれ。まだ片づいてない」

リビング。そこにふたりは座っていた。それぞれグラスに半分入ったジュースと残り物のパイを前にして。ラスムスとヒューゴー。そして、その向かいにはエーヴェルト・グレーンス。原形をとどめないほど殴られた顔で。

「あと三十分の辛抱だ。そうすれば、もうきみたちの邪魔をすることはないだろう」

警部はオレンジジュースのお代わりをグラスになみなみと注ぐと、少年たちにほほ笑みかけてからキッチンへ向かった。ソフィアはソファーに座ってふたりに腕をまわし、抱き寄せて、額や頬、耳、目にキスして、あげくのはてに、やめてと言われ、少しだけ離れなければならなかった。子どもたちをなぐさめたかった。あるいは、ひょっとしたら自分をなぐさめようとしていたのかもしれない。

グレーンスが立ち去ったあとも、ヘルマンソンとスヴェンはキッチンテーブルに残り、それぞれノートに何かを記入したり、ときには立ち上がって、鑑識官とともに細かい点を入念に調べたりしていた。

「たったいま、子どもたちといたときに聞いたことを思い出した。ヒューゴーが言ってたんだが」

グレーンスはキッチンの三脚目の椅子を引いた。

「幽霊が電話をかけたときに、何かを聞いたらしい。つまり、あの死んだ男が」

「聞いた？」

「男がこのテーブルに座って、ソフィア・ホフマンが帰ってくるのを待ち構えていたときに。どうやら電話をかけたようだ。組織の誰かに」

ヘルマンソンはノートを何ページかめくった。

「ビリーを覚えてますか、警部？　新しく来た天才青年です。不可能なことを成し遂げた――難民の上着から見つけた電話のコードを解読して、衛星ネットワークにアクセスした。ほかの鑑識官に連絡したときに、彼にも電話したんです。あなたが子どもたちの相手をしているあいだはここにいたんですが、死んだ男の電話を分析するために青色灯をまわして戻りました。しかし現時点では、うまくいっていません。彼いわく、侵入はできそうにないと。何重にも暗号化されているんです。最悪の場合、電話番号も、位置情報や時刻も入手できないかもしれません。発信も、着信も」

「だったらヒューゴーに聞いてみよう」

「話してくれると思うか、エーヴェルト？」

「大丈夫だ、スヴェン。ほかに目撃者がいれば話は別だが」

三人がリビングへ行くと、母親と子どもたちはソファーに座り、ジュースを飲んで、楽しそうに午後のおやつを食べていた。少なくともノックをして部屋に入ったときには、そう見えた。殺人犯から逃げて地下に隠れ、その男が自宅のキッチンの床で死んでいるのを見たショックから立ち直ろうとしているのではなく。

「すまないが、ソフィア、ちょっとばかりヒューゴーの力を借りたいんだ」

エーヴェルト・グレーンスは秘密を、でっかい秘密を共有した少年にほほ笑みかけたが、ソフィアはあらためてふたりに腕をまわし、先ほどのようにしっかりと抱き寄せた。

「いいえ、お断わりします」

「迷惑なのは承知のうえだ。どうしても必要なんだ」

「いいですか、エーヴェルトさん。いくらなんでも……」

「やらせて、ママ」

「ヒューゴー、無理しなくても——」

「力になりたいんだ、エーヴェルトさん」

ヒューゴーは母親の腕から抜け出すと、コーヒーテーブル越しに、エーヴェルトのほうに身を乗り出した。

「話すよ。話してもかまわないことをって意味だけど」

九歳の少年と六十四歳の刑事は互いに顔を見あわせ、グレーンスはうなずいた。これは秘密じゃない。

「ヒューゴー――俺たちは、ここにいた男について、あらゆることを突き止めようとしている。そして、彼を見たのはきみだけなんだ。声を聞いたのは」

「うん」

「それで、彼が何時にその電話をかけたのかを知りたい」

「時間？」

「そうだ。彼がキッチンテーブルに座って電話で話すのを見たのは、何時だったかな？」

ヒューゴーは必死に考えた。思い出したかった。エーヴェルトの力になりたかった。

「たぶん……僕がエーヴェルトさんに電話する前。それで、ママがかけてくる前――だって、電話を探さなきゃいけなかったから。ラスムスの短パンをいっしょに探してるときに、洗濯物にまぎれて、なくなっちゃったんだ。不在着信が三件あったよ。だからエーヴェルトさんの電話の前だ。それからママの。だけど、そんなに前じゃない」

グレーンスは自身の着信履歴をチェックした――十時五十五分、ヒューゴーから。次に、ソフィアに応答のなかった最後の発信を確かめてもらう。十時四十七分。

「〝そんなに前じゃない〟って、どれくらいだい、ヒューゴー？」

「ええと……十分。そんなところ」

「よし、おかげでわかった。そうしたら、ヒューゴー、もうひとつ知りたいことがある。彼はなんて言ってたかい？　ママを待ってるってこと以外に」

「もういいでしょう！　この子はあなたの質問に答えたんですから、エーヴェルトさん。もう勘弁してください」

九歳の少年は母に手を重ね、落ち着かせようとした。おそらく、いつも彼女がやっていることを真似て。

「ママ、大丈夫だよ。さっきも言ったけど、僕はエーヴェルトさんに話したいんだ。だって、ここに来てくれたから」

大人どうしで一瞬、顔を見あわせる。グレーンスは何が起きているのかを悟った。彼女は後ろめたさと戦っているのだ。息子が呼んでいたときに、私はここに来られなかった、そう思って。

「それで、彼はなんて言ってたんだ、ヒューゴー？」

警部は自分のためにアップルパイを切り、ナプキンに包むと、あごが痛むにもかかわらず、ひと口食べた。

「がんばれ、ヒューゴー。がんばって思い出すんだ」

「英語。英語でしゃべってた。でも、うまくなかったよ。ほかの言葉を話す人みたいに。それからイタリア語の単語も少し。たぶん」

「イタリア語？」

「うん」

「たとえば、どんな？」

「たぶん……パン」

「パン？」

「チャバッタ」

グレーンスはアップルパイをもうひと口食べ、ソフィアにうなずいてみせた。おいしい、と伝えるかのように。

「チャバッタ？」

「うん」

「確かか、ヒューゴー？」

「自信はないけど……」

「ちょっといいですか?」

ヘルマンソンが上司から九歳の少年に視線を移した。

「ヒューゴー――ひょっとして〝チッラータ〟じゃなかった?」

どうしても役に立ちたくて、少年はまたしてもずっと考えこんでいた。

「うん、そうかもしれない」

そして、その言葉を自分でつぶやいて、どんなふうに響くのかを試してみた。

「チッラータ。チッラータ。チッラータ。うん、たぶんそうだ。そう言ってた気がする」

「タコです。組織の名前。八本足のタコを〝チッラータ〟というんです」

グレーンスは驚いて彼女を見た。優秀なのは知っていたが、これほど優秀だったとは。

「ルーマニア語に似てるから。スペイン語やイタリア語と同じ語族なんです。ラテン語も」

そうだった。すっかり忘れていたことに、警部はややきまり悪さを覚えた。例のごとく。他人の人生に対して、無責任なほど関心がないせいだ。ルーマニア語。彼女の第二の言語。

「もうひとつ言ってた。チャバッタといっしょに。じゃなくてチッラータ」

銃の反動で跳ね飛ばされてから、ずっと青ざめていたヒューゴーの顔に赤みが戻ってきた。

「チッラータのすぐあとに。カプートって言った。チッラータ・カプート」

彼はヘルマンソンを振りかえった。彼女ならわかってくれると期待して。

「カプート?」

「うん。これは自信ある」

ヘルマンソンはにっこりした。またしてもお手柄だ。それからグレーンスに向かって言った。

「つまりタコの頭です、警部」

「なんだって?」

「〝カプト〟です。頭。さらに言えば、略すとCCになります。チッラータ・カプト。タコの頭」

ヘルマンソンは自分の電話を取って、ピート・ホフマンが北アフリカの密航組織の本部で撮った書類の写真を次々とスワイプした。

「考えてみてください――〝カプ〟というのは、〝首都《キャピタル》〟とか、古代ローマの最高神を祀《まつ》ったカピトリウム神殿も、みんな同じ語源です。決定が下される場所。ありました、警部、見えますか? この用紙の右上――〝CC25%〟。利益の分け前を最も多く得ている人物。私たちの推測は、これで裏づけられます。タコの頭。そこに八本の足。頭よりも利益の分配額が少ない。頭が決定して、八本の足がそれを実行する」

「つまり、あの男はここに座って、組織の頭と話していたということか……？」

「ヒューゴーの記憶が確かなら。そして、私たちの解釈が正しければ」

エーヴェルト・グレーンスはホフマン家のコーナーソファーから立ち上がった。

そんなことがありうるのか？

アマドゥを殺した男、年老いたスウェーデン人の刑事を同じ目に遭わせようとした男は、トップからの指示で行動していたのか？　直接、トップに報告していたのか——ここから？

グレーンスは、ホフマンが書類の画像とともに送ってきた写真を思い出した。トリポリにいたユルゲン・クラウゼという名のドイツ人。もしあのドイツ人がタコの頭だとしたら——ソフィア・ホフマンを殺すために送りこまれた男が、なぜここに、ホフマンの家に座って、彼に電話をかけるのか。トップに。各国が、言ってみれば自給自足で機能する国際的な密航組織で。そもそもの目的は、スウェーデン人の足——窓口役——を捜すことだった。

だが、もし、もしヘルマンソンの推理が正しかったら……。

CCがトップだ。

CCはスウェーデン人でもある。

エーヴェルト・グレーンスは廊下に出てキッチンへ向かうと、窓ぎわに行き、外を眺めた。美しい郊外の昼下がり。ふだんと変わらず静かな。

今度は、彼が携帯電話の写真アプリを開いた。保存されている写真は数えるほどだった。めったに撮ることはない。撮らない主義だ——起きたことは変えられない。写真がなければ思い出せないような出来事は、どうせたいしたことではないのだ。だが、これは別だった。みずから撮った写真。生まれてはじめて殺した人物。まさにこのキッチンで。死ぬ直前に。雇い主——おそらく組織のトップ、スウェーデン人——と話していた男。

警部は写真を選択し、送信のアイコンを押した。

それから電話をかけた。

「グレーンスさん？　悪いけど……」

周囲の音から判断して、どうやらピート・ホフマンは車に乗っているようだ。

「……時間がないんです。数時間後にかけ直します」

「何かあったのか、ホフマン？」

「すみません、いまは無理です。あとで説明するので」

「見てほしい写真があるんだ。いまごろ届いてるはずだ」

雑音、車の音。ホフマンが電話を口から離し、受信したばかりのメッセージを開く。

「ありました。で？」

「死んでいる男だ」

「たしかに死んでますね」

「知ってる男か？」

「いいえ」

「ほんとうに？」

「見たことのない顔です」

「断言できるか？」

「できます。なんの関係があるんですか？　誰が殺したんですか？　この写真はどこで？」

グレーンスは無意識のうちに向きを変え、千枚通しが残した小さな血痕《けっこん》を見つめた。こ、こ、こだ、ホフマン。この男はおまえの家のキッチンの床にいた。妻と子どもたちが毎日、朝食時におまえと話しているテーブルの横に。おまえの家族。リビングに座って、たったいま捜査に協力してくれた。なぜならおまえの息子のひとりが、まさにその死んだ男を見て、声を聞いて、撃とうとしたから。

「誰がどこで殺したのかは問題じゃない。肝心なのは、こいつが組織のトップと直接連絡をとっていたことだ。組織の実態を暴く最大のチャンスだ」

またしてもエンジンをうならせ、風を切りながら疾走する音が聞こえる。

ホフマンが最後にもう一度、写真を見ているのだろう。

「やっぱり見覚えはありません。もういいですか？　そろそろこっちの混乱をどうにかしないと。あとで連絡します」

エーヴェルト・グレーンスはキッチンから動かなかった。床の血痕と壁の弾痕のそばから。何かが引っかかっていた。ヒューゴーとヘルマンソンの会話で、あのラテン語を耳にしたときからずっと。

チッラータ。

どこかで聞いたような響きだった——だが、どうしても思い出せない。

喉《のど》に刺さった小骨のように、その言葉は頭から離れなかった。

グレーンスが探している答えとつながっているのは、おそらく間違いない。だとしたら、ホフマンの送ってきた書類に最初のヒントがあり、その息子の証言に最後のヒントがあるはずだった。

オマールの車でズワーラの港を出るなり、その姿が目に飛びこんできた。難民たち。フランクが脅しをかけ、導爆線で吹き飛ばす準備をする前に巨大な倉庫から追い出した。彼らは混乱から逃れ、幹線道路沿いを歩いていた。皆、絶望していた。大声で泣きわめきながら、手を振りまわしていた。

一瞬、ピート・ホフマンは、わけがわからなかった。

やがて理解した。世の中が、善が悪となり、ふたたび善となる理不尽な場所だからだ。彼は、他人の命で金儲《かねもう》けをする非道な人身売買業者を再起不能に追いこんだ。二度とはびこることがないよう、密航組織を根絶やしにした。ところが、そうすることによって、ここにいる難民たちが未来に抱いていた希望を残らず打ち砕いてしまったのだ。

そのせいで彼らは涙を流し、叫んでいた。そのせいでホフマンは、彼らの姿が頭から離れなくなった。だから、床に転がった死体について、エーヴェルト・グレーンスから要領を得ない話を聞くと、すでにトリポリの空港は目前だったにもかかわらず、ブレーキを踏み、フランクの抗議を無視して、Uターンができる幅の脇道へ入った。

二十キロほど引きかえしたときに、港の残骸《ざんがい》からわずかに離れた田舎道《いなかみち》を歩く難民の列に出くわし、ホフマンは絶望そのものの嘆きを目にしているような感覚に襲われた。たとえ、いまは無きあの組織が、彼らをいつ沈むとも知れない船に乗せるつもりだったとしても、そして彼らを乗せたあと、金さえ受け取れば、彼らが溺《おぼ》れようがおかまいなしのあの組織が、希望を抱いた難民のために次の旅を計画しはじめたとしても。ホフマンには、すべてわかっていた。ヨーロッパへ向かう密航のリビア・ルートが、今後は基本的に閉ざされたにもかかわらず――それ自体は歓迎すべきことだが――この混乱した世界の混乱した場所で、列の先頭を歩く人々を説得しようとしても、彼の言うことなど誰も受け入れてはくれないことを。そこでホフマンは車のトランクを開け、本部内に轟《とどろ》く金庫の爆発音を聞きながらフランクと詰めた二個のスーツケースのうち、片方を取り出すと、英語とフランス語を混ぜてつぶやいた。ここにあるのは、密航業者に支払ったよりもはるかに多い金だ。これを持って家に帰り、もう一度やり直してもいいし、他の組織の船で地中海を渡って逃げてもかまわない。どうしようが自由だ。どこへ行くにしても、じゅうぶんすぎるほどの金があるのだから。

ようやく思い出したのは、カロリンスカ大学病院で、負傷した頭部のレントゲン検査と診察を終え、クロノベリ地区の警察本部のオフィスに戻り、すり切れたコーデュロイのソファーに横になったときだった。何が喉《のど》に刺さっていたのか。チッラータ。どこで見たのか、聞いたのか。ニジェールのホテルのロビー。紙を掲げ、〝ミスター・チッラータ〟を探す制服姿の運転手。立ち上がって、連れに礼を述べた外務省の役人。〝チッラータというのは、ディクソンさん？〟と尋ねると、にこやかに笑って答えた。〝これから会う国連代表の名前ですよ〟

誰に会う予定だったのか？

国連代表とは誰だったのか？

エーヴェルト・グレーンスはソファーから飛び起き、めったに使わないデスクに駆け寄った。トップに君臨する男。密航組織のスウェーデン人のボス。ディクソンはその人物に会いに行ったのか。整理されていない未開封の郵便物の山から、政府のロゴが入った名刺を見つけ、電話をかけた。一回。二回。出ない。留守番電話の応答メッセージは、英語とスウェーデン語だった。グレーンスは折り返しかけてほしいと伝言を残した。

居ても立ってもいられなかった。

いつものように、オフィスを行ったり来たりする。

そして、ついに待ちきれなくなった。

グーグルでニアメのホテルを検索するのにさほど時間はかからず、安堵《あんど》してすぐさま電話をかけた。そして、学校で習ったような英語で、どうにかホテルの宿泊客のひとりについて問い合わせたいと頼んだ。二度の誤解と、二度の手違いのあと、ホテルの警備責任者は、グレーンスが本人の名乗るとおりスウェーデンの警察官であると納得し、方針に反して客のプライバシーを進んで侵害しようとした。

「運転手っておっしゃいましたか？」

「記章のない制服を着た若い男だ。三日前の午前八時に、常連客、トール・ディクソンというスウェーデン政府の役人なんだが、彼を迎えに来たんだ。その運転手に連絡をとりたい」

「どうしてです？」

「あんたには関係ない」

「私に協力してほしくないいんですか？　当ホテルに出入りするタクシー業者はおおぜいいるんです。その中から探すのは、相当時間がかかりますよ。つまり、その運転手の居場所を見つけるのは」

「俺が知りたいのは、その若い男がディクソンをどこまで乗せていったかってことだ。もしわかれば、ディクソンが会っていた相手も。念のため言っておくと、あんたのところの客には興味がない。あの日の朝、その客が会っていた人物を突き止めたいんだ」

電話を終えても、苛立ちがおさまることはなかった。グレーンスは忍耐とは無縁の男だった。それゆえオフィスじゅうを歩きまわり、デスクと窓のあいだ、ソファーと本棚のあいだを何往復もした。誰かがドアを軽くノックするまで。名前を思い出せない同僚が顔をのぞかせた。

「お客さまです」

「客？」

「ご案内してもいいですか？」

「誰だかによる」

「とても若い男性と、そのお母さまです」

同僚の肘《ひじ》の高さに、ひょいと顔が現われた。にっこり笑って。

「ヒューゴー……？」

「こんにちは、エーヴェルトさん」

「ここで何してるんだ——警察本部で？」

「会いにきたんだよ」

ソフィアがその横に立ち、ふたりで入口をふさいだ。

「この子がどうしてもここに来たがって。あなたのところに。あなたが働いている場所に。お邪魔じゃないですか？」

エーヴェルト・グレーンスは笑みを浮かべた。自分で思っている以上に大きな笑みを。

「よく来てくれた。このオフィスに、こんなすてきな客が来ることはめったにないんだ。というより、はじめてだ。正直なところ」

彼はソファーのコーデュロイのしわを精いっぱい伸ばし、ふたりに座るよう勧めた。そして来客用の椅子に山積みになった書類をどけると、ヒューゴーの向かいに腰を下ろした。

「エーヴェルトさん——じつは、ちょっと違うんです」

ソフィアはグレーンスをじっと見たが、目は合わせなかった。少なくとも、そう感じた。

「ヒューゴーに頼まれたのは、ほんとうです。でも、私もここに来たかったんです」

「というと?」

「謝りたくて。私……その、家に帰ったときには、とにかく動揺してました。だけど、あなたの顔を見て、いまもそんなに痣《あざ》だらけで包帯を巻いてるけれど、わかったんです。いまならはっきりわかります。あなたは子どもたちを守ってくれた。私を守ってくれた。あの男は私を待ってた。あなたじゃなくて」

ソフィアは彼を見つめた。

それ以上、死について考えられないほど疲れきった目で。

「でも、あなたが、エーヴェルトさん、あなたが……私の命を救ってくれた。子どもたちの命を」

「じつは、逆なんだ」

グレーンスは、ソフィアに気づかれないようにヒューゴーにウインクした。

「逆? どういうことですか、エーヴェルトさん」

「ヒューゴーが俺の命を救ってくれたんだ」

一瞬の間があった。それからソフィアはほほ笑んだ。少し声をあげて笑った。ヒューゴーを小突いて、ふたりして警部のたわいないジョークを笑った。

「ほんとうにごめんなさい、エーヴェルトさん。私、ばかなことをしました。私が間違ってました。いつでもわが家にいらしてください。お好きなときに。ヒューゴーとラスムスも喜びます。私もうれしいです――これからもふたりのことを気にかけてくださると」

エーヴェルト・グレーンスはほほ笑んだ。胸が温かくなった。戦いの連続だった一日で、ようやくひと息ついた。

「それで……体調のほうは？」

ヒューゴーが母親の妊娠を知っているかどうかわからず、グレーンスは彼女にうなずいてみせた。

「ヒューゴーは知ってます。また、お兄ちゃんになるんだって張りきってます。ついさっき話したんです。今日、来たのはそのこともあって。おかげさまで体調も問題ありません」

ソフィアは無意識におなかに手を置き、グレーンスは少しばかり長く見つめた。

「うちも……生まれるはずだった。女の子だとわかっていた。五カ月で。だが、アンニが負傷した。妻だ。そのせいで生まれてこなかった」

「エーヴェルトさん、私、ちっとも知らなくて……」

「人生は思いどおりにいかないときもある。だが、こうしてふたりのすばらしい男の子に出会えた。そうだろ、ヒューゴー？」

　少ししてグレーンスは、シナモンロールを食べに向かう少年と母親を廊下で見送った。通りの向かい側のカフェにぜひ行ってみるよう勧めたのだ。ふたりの姿が見えなくなると、彼はスヴェンとヘルマンソンの待つ三つとなりの部屋へ向かった。

「かけてください、警部」

　ヘルマンソンの頬はうっすら赤く染まり、捜査で突破口を目前にしたときの癖で顔をしかめた——内に抱えているものが大きくなりすぎて、外に出さずにはいられないときの癖で。

「スヴェンと意見が一致したんですが……やっぱり最初から説明します。とにかく聞いてください」

　ありふれた三脚の椅子に囲まれた、ありふれたテーブルに、一冊の青いファイルが置かれている。もう何年もこの部署にいるが、ヘルマンソンはけっして自分のオフィスに手を入れようとはしなかった。家具も、壁に掛けたものも、ここに来たときからまったく変わらず、他人が選んで置いたもので満足していた。グレーンスはやや残念に思うこともあった。だが、それよりも、そうした同僚を採用したことを誇りに思うほうが多かった——より〝適任〟の応募者が長い列をつくるのを横目に、彼女に仕事を説明してまわったときから。オフィスの床に敷くラグを選ぶよりも、仕事そのもの——捜査——が重要だと考えるような人物を採用したことを。

「まず、ホフマンの家のキッチンであなたに襲いかかった男ですが、警察のデータベースでは引っかかりませんでした。でも、インターポールでいくつか収穫がありました。指紋およびDNAが、イタリアとポーランドで起きた二件の未解決の殺人事件で採取されたものと一致したんです」

彼女はファイルのいちばん上の資料を手にしていたが、今度はその下の紙に目を向けた。

「次に、ピート・ホフマンがオマールと呼ぶ男についてですが、ライフルの照準器越しに撮られた写真をもとに、リビアの警察に問いあわせたところ、本名はオマール・ザーイド、カダフィ政権の元役人だと判明しました。秘密警察で尋問や拷問といったことを担当していたそうです。追放を免《まぬが》れた数少ない人物で、どうやら新たな収入源を見つけたようです」

次の束はやや厚く、数枚の紙がホチキスで留められている。

「ほかにも、何名か並行して調べました。事件に関連して、一度でも名前が挙がった人物です。これまでは捜査の対象外だった」

「続けてくれ」

「まずは解剖技術者。名前はラウラ、年齢は五十歳前後、ストックホルム南病院の遺体安置所に勤務。彼女について調べたら、外見の穏やかさからは想像もつかない素顔が明らかになりました」

「そうなのか？」

エーヴェルト・グレーンスは自分が困惑していることに気づき、わずかに顔をそむけた。ラウラが、彼らの捜しているスウェーデンの窓口役であってほしくないと願っていることを悟られないように。

「彼女には驚くべき過去があります。そのせいで、死者を相手にする仕事を選んだのかもしれません」

「どういうことだ？」

ヘルマンソンは資料と上司を交互に見やる。

「彼女については、可能なかぎり調べました。その結果、シロだと断定しました」

グレーンスが感じた心の軽やかさは、あの解剖技術者の前で感じたものと同じだった。ヘルマンソンとスヴェンに見られてもかまわなかった。隠すことはできなかったから。

「なので、次にいきます。次の名前。見てください、警部、その資料の一ページ目」

「そう急ぐな」

警部は次に進む準備ができていなかった。

「彼女は何をしたんだ？」

「誰です？」

「解剖技術者だ。ラウラ」

「警部、それが何か関係あるんですか？」

「知りたいんだ」

ヘルマンソンはほほ笑んだ。

少なくとも彼にはそう見えた。

「離婚して、その後、暴行罪でヒンセベリ刑務所に八カ月間服役しています」

「暴行？」

「ええ。夫の浮気を許せなかったんでしょう」

今度はグレーンスがほほ笑む番だった。

少なくともヘルマンソンにはそう見えた。

「もういいですか？　先に進んでも」

「ああ、先に進もう」

ヘルマンソンはテーブルに置いた資料の束を指さした。最初のページには、外務省の職員録のようなものが印刷されていた。数年前の。ヘルマンソンは中ほどの行を指した。

「そこ、見てください」

エーヴェルト・グレーンスは読んだ。リビアのベンガジにあるスウェーデン領事館の職員録。そして見覚えのある名前。

「トール・ディクソン。カダフィ政権時代にそこに勤務していたんです、警部。西アフリカ諸国の大使の下で、ストックホルムを拠点に専門家として働く以前は」

「それが外務省の仕事だ。あちこち異動する。そうやってキャリアを築く」

「たしかに、そういうものです。でも、これを見てください」

ホチキスで留められた資料の次のページ。

写真。白黒の。新聞記事に掲載されたものだ。カメラを見つめるふたり。スーツ、真剣な表情、会議用の長テーブルに置かれた小さな旗。

「誰だかわかりますか?」

最近はポケットに入れっぱなしの老眼鏡をかけると、警部は顔を近づけた。

「いや」

「そっちはオマール・ザーイドです。左側。そして向かいに座っているのは、若き日のトール・ディクソンです。公式の場で撮られた、公式の写真。でも、それ以外にも重要なことを示しています――ふたりはいっしょに仕事をしていた。知り合いだったんです」

エーヴェルト・グレーンスは何も言わなかった。この話がどこへ向かうのか、まったくわからなかった。そもそも自分が知りたいのかどうかも。

「それから、これを見つけました。外交会議に関する別の新聞記事の写真です。八人が写っています。左端に座っている三人の男。誰だかわかりますか？」

同じ時期に撮られたものだった。ひょっとしたら同じスーツかもしれない。オマール・ザーイドとトール・ディクソン。だが、三人目の人物――グレーのスーツにストライプのネクタイ、ふたりと同じくらいの年齢の男――には見覚えがなかった。

「ユルゲン・クラウゼ。ホフマンが写真を送ってきた、オマールとトリポリで会っていた男です。例の経理の書類でＡＣＣのコードネームを持つと思われる人物。組織のナンバーツー。パターンに気づきませんか、警部？　この組織はこうやって築かれたんです。各国の代表者によって。公式の代表者が、何年も経ってから非公式となった。ネットワークはすでに存在している。地理的にも状況と完全に一致します。密航の出発地に代表者がひとり――それに加えて、目的地となる各国の代表者がひとりずつ。ｚｕｗ１とＡＣＣとＣＣです。ｚｕｗ２も北アフリカで活動していることが判明しました。したがって、残りの１ａｍ、ｓａｌ、ｂａｎｋ、ｇｄａ、ｔｒａｎｓ　ｂａｌｔも、同時期につながりのあった外交官である可能性が高いかと」

エーヴェルト・グレーンスはじっと耳をかたむけていた。彼女の考えは筋が通っている。それでも、まだ理解できなかった。

「ディクソンが？」

「ディクソンです、警部」

「本気で言ってるのか……ディクソンが？」

「はい、ディクソンです。トップに君臨する人物。他の者の行動を逐一監視することなく、すべてを可能にした男」

警部は座り心地のよくない椅子の背にもたれ、どうも収まりの悪い脚の位置を直した。ほかにすることが思い当たらなかった。

「それで？　おまえのことだから、次のステップも考えてるんだろう？」

ヘルマンソンは資料の束を取って、まだかなり余裕のある青いファイルに戻した。

「トール・ディクソンの通話記録を申請するのに、あなたの許可が必要です。対象はすべて。個人の電話および政府の仕事で使用しているものも含めて。うまくいけば、組織とのつながりが確認できるでしょう――ホフマン家のキッチンで、ヒューゴーが聞いていた例の男との通話も。ひょっとしたら、ディクソンが直々《じきじき》に殺害の指示を出したのかもしれません」

またしても夜の暗がり。だが今回は、あの大きな窓のどこがトール・ディクソンのオフィスなのかはわかっていた。明かりが灯っている。政府の役人は遅くまで残業していた。ここから数キロ離れた場所で、いつも警部がそうしているように。

エーヴェルト・グレーンスは数分早く着き、グスタフ・アドルフ広場の真ん中に建つ青緑色の銅像のわきで、ディクソンがあの重厚な石段を下りてきて、外務省の扉を開くのを待った。グレーンスが留守番電話にメッセージを残したあと、ディクソンは折り返し電話をかけてきたが、あいかわらず愛想がよく、協力を惜しまない様子だった。というのもグレーンスが頼んだからだ——コンテナで殺された人たちの捜査で、また力を貸してほしいと。ディクソン自身を調べるために来たわけではない。だが、ためらいや隠し立てをするそぶりはいっさい見せず、いかにも外務省の役人といった、あの感じのよい態度で刑事をオフィスに招き入れたことを考えると、はたしてここに来たことが正しかったのか、疑問に思わざるをえなかった。昔の新聞記事や経理書類に対するヘルマンソンとスヴェンと自身の解釈が、結果を求め、何があっても犯人を逮捕しようとする焦燥感《しょうそうかん》と疲労によるミスだったのではないか。

「ちょっとした楽しみになりつつありますね。警部が夜な夜な訪ねてくるのが。それにしても……失礼ですが……いったい、どうされたんですか？」

トール・ディクソンの口調は、まったく罪を犯した者のそれには聞こえなかった。長年の経験で、そうした兆候は聞けばすぐにわかる。

「こんな遅い時間に申し訳ない——またしても。礼を言おう。それから、これは……」

グレーンスは腕を広げた。

「……ちょっとした事故だ。警察官にありがちな」

かつての宮殿には、前回訪れたときと同じように人の気配がなく、静まりかえっていた。ふたりの足音と息遣いが廊下に響きわたるのも同じだった。

「それで、今度は警察に対してどんなお役に立てるんですか？」

政府の役人は、オフィスの隅のサイドボードにコーヒーポットを用意していた。彼は外務省の標章が入った磁器のカップにコーヒーを注ぎ、ブラックのまま、何も尋ねもせずにグレーンスに手渡した。言うまでもなく、グレーンスはいつでもコーヒーだ。

「何人かの名前について尋ねたい。前回に加えて。あんたの知っている人物かもしれない」

「私の知っている？　それは楽しみだ。ところで、あの少年の件は万事順調でほっとしましたよ。彼があなたに連絡をとってほしいと頼んだ親戚は、例の件について、いまごろ信頼できる同僚から話を聞いているはずです。どうか、その少年に心配いらないと伝えて、安心させてあげてください、グレーンスさん」

エーヴェルト・グレーンスはブラックコーヒーに口をつけ、役人をじっと観察した。

あの少年は何も感じない。

もう生きてはいないから。

俺がここに来たのは、おまえがその件に関与しているかどうかを突き止めるためだ。トール・ディクソンと目が合ったが、アマドゥのことを話題にする特別な理由があるのかどうか——相手の反応を確かめようとしたのか——見抜くことはできなかった。ディクソンは見かけどおり悪意のない男なのか、それとも舌を巻くほどの役者なのか。

「伝えておこう。また会う機会があれば」

グレーンスはふたたび役人の表情をうかがった。

何も読み取れなかった。

潔白か。氷のように冷徹か。

「では、さっそくだが本題に入ろう。まずは彼の名前を聞きたい。この写真で、小さな旗のところであんたの横に立っている男。リビアで撮影されたものだ」

エーヴェルト・グレーンスはディクソンの向かいに置かれた来客用のソファーに座った。一方のディクソンは、使いこまれた革の肘《ひじ》掛け椅子に腰を下ろした。持ち主と同じくらい上品なその椅子は、オフィスよりも王立歌劇場の〈オペラバー〉に似つかわしい。警部は同じくらい洗練されたコーヒーテーブルに紙を置き、役人に差し出した。ヘルマンソンとスヴェンが見つけた新聞記事の写真のコピー。

「この男に見覚えは？」

トール・ディクソンは写真をのぞきこんだ。

「すみませんが、ちょっと取っていただけませんか……」

そう言って、グレーンスの背後の棚を指さす。

「……あそこに老眼鏡が置いてあるので」

エーヴェルト・グレーンスはメタルフレームの眼鏡《めがね》をつかんだ。そのぴかぴかのフレームに縁取られた灰色の虹彩で、ディクソンは写真を見つめた。

「ええ、知っています」

「ほんとうに？」

「ザーイド。オマール・ザーイド。カダフィ政権に逆らって——協力してとも言いますが——働いていた外交官時代の知り合いです。それがあなたの捜査にどう役立つんですか、グレーンスさん？」

「そのあんたの横の男、オマール・ザーイドは、国際的な密航組織のリーダーのひとりだと判明した。コンテナの中で人々を死に至らしめた」

「まさか」

「確かな証拠がある」

ディクソンは片手にあごをのせ、写真をしげしげと見た。

「オマール・ザーイドが？」

「どの程度の知り合いだ？　どれくらい親しい？」

「つまり、ザーイドは多少なりとも……この悲惨な出来事に関わっていたんですか？　この許しがたい行為に。それで、何が言いたいんです、グレーンスさん？　私たちは仕事仲間でした。これは公式な交渉時の公式の写真です。個人的な付き合いはありません。それはいまも同じです。でも、あなたは……」

「もうひとり、尋ねたい人物がいる」

グレーンスは次の写真をテーブルの上にすべらせた。八人が会議用テーブルを囲んだ写真。そして、髪に分け目のあるずんぐりした男を指さした。

「その男だ。あんたとオマール・ザーイドのあいだに座っている」

「彼が何か？」

「知ってる男か？」

鼻にずり落ちた眼鏡をかけ直してから、ディクソンは先ほどよりも不鮮明な写真に目を凝らした。

「ユルゲン・クラウゼ。ドイツ人です」

「握手して、抱擁《ほうよう》しあっているように見えるが」

「このカメラマンは、いまごろ仕事にあぶれているでしょうね……でも、ええ、たぶんそのとおりです——個人的には、こうしたことは得意じゃないんですが、外交交渉では求められることもあります」

「クラウゼも密航組織のリーダーのひとりだと判明した」

「なんの話だか、さっぱりわかりません」

「疑いの余地はない。すでにドイツの警察が身柄を拘束して取り調べている」

トール・ディクソンは写真を見て、それからグレーンスを見たが、表情はちっとも変わらなかった。

不安もなければ、憤《いきどお》りも怒りもない。落ち着きはらっていた。無関係であるかのように。

「とても事実とは思えませんが、あなたがそうおっしゃるなら、そうなのでしょう。でも、もう一度訊きます――いったい何がおっしゃりたいんですか、グレーンスさん？　このことが私となんの関係が？」

「それはこっちが訊きたい」

「答えは同じです――これも公式な交渉の場での公式の写真です。この男とは、当時もいまも個人的な付き合いはない。あなたの真意がわかりかねます、警部さん」

「俺の真意はこうだ――公式な関係の知り合いとの公式の会議が、その後、非公式な知り合いとの非公式な会議になる。あんたの公式の任務によって、非公式な任務が可能となった」

数枚の写真。よからぬ顔ぶれに交じって、さまざまな場に登場する外交官。それだけでは、まだ不充分だ。だが、相手の不意を突いて動揺させ、いくらかでも自白を引き出そうとするなら、待たなければならない。目の前に座っている外交官は、平然と落ち着きはらっていた。警部が続けるのを待っていた。

「俺は長いあいだ善人も悪人も相手にしてきた。そして、あるひとつの結論に達した――そんなものは存在しないと。どちらも。なぜか。これまで捕まえた犯罪者のほとんどは、人生のある時点で犯罪の被害を受けている。要は、その人間の人生をいつ切り取るかだ。どこに小さなのぞき穴を開けるか。被害者の瞬間を選べば、彼らは善人となる。罪を犯しているときを選べば、悪人となる」

テーブルに置かれた紙。エーヴェルト・グレーンスはそれを手にして、くしゃくしゃに丸めかけたが、思い直して、三人の男が写った写真を掲げて振った。

「人生のある時点で出会う三人のように。公式にしろ、非公式にしろ。まったく異なる意図を持って。善にせよ悪にせよ。あるいは悪となる善か。すべては、その会合を判断するタイミングによって決まる」

「私が役に立てることは、ほかにありませんか、グレーンスさん？　わざわざ足を運んでまで、名前を知りたかった人物は？」

テーブルの上にペンが置いてあった。契約書に署名をする際に使うような。注意しないとインクがあふれ出す三角形のペン先。まさにいま、そうなっているように。あふれ出すインク。グレーンスがキャップをはずし、写真の男のひとりを丸で囲んだ際に。

「ここに来たのは彼のためではない……オマール・ザーイドの。本来なら、そうすべきところだが。それはほかの者の役目だ。おそらく。それから……」

次に、真ん中のずんぐりした笑顔の男を太い黒い線で囲む。

「……ユルゲン・クラウゼのためでもない。しばらくのあいだは、そうすることも考えた。ドイツの警察に名前を伝えたときには、国際的な密航組織のトップを突き止められるかもしれないと期待した。だが、そうではなかった。俺が捜しているやつは、最初からここにいた。つまり……」

いまだ。

エーヴェルト・グレーンスはテーブルに身を乗り出し、気づかれずに声を落とした。

「……鎖の終わりはまさにここ、おまえのデスクだった、ディクソン。俺がここに来たのは、おまえのためだ。おまえの名前の。なぜなら、おまえがCCと呼ばれるトップだからだ。海と陸を越えて運ばれ、下手《へた》をしたらコンテナの中で命を失う難民ひとりにつき、おまえは利益の二十五%を得ているからだ」

そこまで言って、グレーンスは口をつぐんだ。

きわめて厳しい非難を浴びせたにもかかわらず、役人はただそこに座っていた。何ひとつ感情を表わさずに。図星であれば感じるはずの不安も、的はずれの非難であれば覚えたはずの困惑も。何ひとつ。それが彼の反応だった。

「おまえが話題にした少年、ついさっき〝あの少年〟と呼んだ。名前はアマドゥだ。覚えてるか？　名前はアマドゥだった。彼は死んだ。彼が捜査の重要証人だったことを知っていたのは六人だけだ。アマドゥ本人、スヴェン・スンドクヴィスト、マリアナ・ヘルマンソン、警察の似顔絵画家、ソフィア・ホフマン、そして俺がいま話をしている外務省の役人だ。俺がここに来て、内々に教えたから。ほかの五人は完全に信用できる。おまえ以外は。おまえは俺が与えた情報を利用した。自分の目的のために。アマドゥを殺させた。ストックホルムの街中の地下にある通路で見つかったガイドも。鑑識の結果、コンテナおよび遺体安置所との接点が確認された。そして、そのふたりを殺した男はホフマン家のキッチンに横たわっていた。彼も死んだ——〝チッラータ・カプト〟と呼ぶ人物と電話で話したあとに」

グレーンスは携帯電話に二枚の写真を表示した。一枚目は自分を殺そうとした男。みずからの凶器で心臓を貫かれた姿。続いて、難民を食い物にして得た何億もの利益が九名に分配されていることを示す書類。

「チッラータ・カプト。CC。見えるか？　いちばん上の右端だ」

「これが何か？」

「おまえだ、ディクソン」

「聞こえただろう」

あいかわらず動じない。あいかわらず冷静。用意周到な笑みまで浮かべている。

「グレーンスさん――ここではもうコーヒーは飲めませんよ」

「どういうことだ？」

「あなたにお代わりは出せません、グレーンスさん」

「俺はコーヒーを飲みに来たわけじゃ――」

「なぜなら、こんなことは言いたくないのですが――あなたが何をおっしゃっているのか、さっぱりわからないからです、警部さん。私は政府の役人です。人々を救い、生活を向上させることが、私の任務です。出張で行く先々で権力のある地位の人物と会って、その内容はすべて記録され、保管されています。あなたがどういうつもりかは知りませんが、私に罪を着せようとしている。なんらかの理由で、私を脅そうとしている。しかし、そうはいきません――私は外交官だ。政府と交渉するのが仕事です。無意味な言葉を恐れたりはしない。そして、いまあなたの言ったことはまったく意味がない。ですから、どうぞお引き取りください、グレーンスさん。ここではなく、もっと有意義な場所で答えを探したらどうですか」

「はい？」

コーヒーカップは空《から》のままだった。

グレーンスは目的を果たした。証拠に欠けるなか、悠然と構える相手に揺さぶりをかけようとした。

前回と同様、ふたりは無言で肩を並べて石造りの建物を歩き、石造りの階段を下りて入口にたどり着いた。そして、やはり前回と同様に、グレーンスは別れる直前に口を開いた。

「スウェーデンはきわめて興味深い国だ、ディクソン。地下数メートルまで潜らないと悪臭はわからない。なかにはうまくごまかせない、隠せない場所もあって、地上で感じる場合もある。だが、どこにいようと悪臭は悪臭だ。そしておまえは、そのにおいを放っている。この場所全体に充満している。俺は恥ずかしい。それと同時に無性に腹が立つ」

「どうか楽しい夜を、グレーンスさん。もちろん私も楽しむつもりですよ」

エーヴェルト・グレーンスはドアの真鍮《しんちゅう》の取っ手に手をかけたが、激しい怒りがそれを押し下げるのを阻《はば》んだ。残された方法はひとつしかない。怒りを残らず吐き出す。主導権を握りかえす。

「ゆうべ、北アフリカに潜入している男と話した。この犯罪組織の本拠地だ。そいつから組織の手口を聞いて、皮肉な現実を知って、俺は……このごろはめったに人を殴ったりはしないが、おまえは、それに値する、ディクソン。おまえたちが向こうでやってることは。

食糧輸送隊を攻撃して食糧を木っ端微塵《こっぱみじん》にし、飢餓《きが》をさらに深刻化させて、ますます多くの人を飢えさせて、彼らが逃げ出すように仕向ける。すべては金儲けのために」

「なんの……」

外交官の頬と首が真っ赤になった。口を開いた彼は、一語一語区切るような口調だった。灰色の虹彩を持つ目がはじめてきらめきを放つ。

「……話をしているんだ？」

「ニジェールのホテルで、おまえは自分の活動を自慢していた。ここでは人々の命を救って、生活を向上させるなどと、心にもないことを口にしている。その間、ずっと彼らの食糧を破壊しておきながら！」

「私にどんな非があるというんだ？　私は……ほかの誰よりも……このために生きている、んだ！　死ぬ覚悟だってある。言ったはずだ。この仕事がなければ、私の人生は意味がなくなると。私を侮辱するのか。無礼千万だ！　帰れ。さっさとここから消えろ！」

ディクソンはついに平静を失った。非難そのものではなく、仕事のやり方や手段を批判されたせいで。

つねに超然とした態度を求められる外交官にしては、激しい感情の爆発だった。罪を犯した者にしては遅すぎるタイミングだった。

グレーンスは困惑した。何かがおかしい。なぜトール・ディクソンは、とつぜん威厳も自制心も失ったのか。あれほど懸命に保ってきたというのに。そしてなぜ、いまなのか？

六月にもかかわらず、外は涼しかった。肌寒いくらいに。エーヴェルト・グレーンスは王立歌劇場の外に駐めた車まで歩いたが、行き先は警察本部でも自分のアパートメントでもなかった——向かったのは、ヴァーサスタンのとある住所だった。はじめて訪れる場所。トール・ディクソンの自宅がある建物の正面入口。ときおり三階の暗い窓を見上げながら、外で待つつもりだった。外務省を訪ねたことで事態が動き出したと確信していた。だとしたら、準備をしなければならない。この場所がタコの頭かもしれないのだから。

タクシーを降りたトール・ディクソンは、通りの反対側に駐《と》まっている車には気づかずに正面入口へ向かった。だが、気づいても気にしなかっただろう。彼が何を感じ、考えているのかは、警部には想像もつくまい。己の正体を知るのはディクソンのみで、彼にとってはそれだけが重要だった。

善。悪。

いずれにしても、やるべきことをするまでだ。

公務員のひとり暮らしには広すぎる、快適な二十世紀初頭のペントハウスに入ると、ヴァーナディースルンデン公園を見下ろす書斎へ向かう。大きな机の置かれたその部屋で、彼は同じ高さに積み重ねられた、ふたつの書類の山を整理しはじめた。ふだんは本棚の後ろの隠し金庫に保管してあるものだ。ずらりと並んだアウグスト・ストリンドベリの小説を取り出すと、もうひとつの人生の扉を開けるテンキーが現われる。

日	単位	行程 2+3+4	zuw1 12.5%	zuw2 12.5%	lam. 5%	sal. 8%	ACC 15%	bank 5%	gda 8%	trans balt 7%	CC 25%

左側の山は、グレーンスが携帯電話に表示したようなエクセルのファイルだった。

難民が詰めこまれた百七隻の漁船に対応した百七枚の紙。船を降りた難民は、トラックもしくはコンテナに乗り換え、ドイツやスウェーデンの最終目的地へと運ばれる。最初は一ヵ月に二回、地中海を渡るだけだったが、いまでは週二回となった。最近では、現金輸送船は一回につき二千万ドル以上を運んでいる。そのうちの四分の一は彼のものだ。

もう一方の山には、やはり百七枚の書類が同じ高さに積み重ねられていた。だが、内容はまったく異なる。

彼の仕事の心臓、鼓動。

彼が命をかけているもの。そのためなら死も厭《いと》わないもの。

百七回の密航でCCに割り当てられた分配金が、一回ごとに記載された百七枚の預金証書。八本の足は長年にわたり、それぞれが帳簿をつけて利益を管理している。トール・ディクソンは、オマールやデリラ、ユルゲンの動機が自分とはまるで違うことを理解していた。ランペドゥーサ島のアンジェラの五％、サレルノのエットーレの八％、マルタ・ロンバード銀行のジャズミンの五％、そしてグダニスクの港およびバルト海の輸送を担当する会社に対する報酬。彼らにとっては、金がすべてだった。しかしディクソンにとっては、単なる机上の書類ではない。チッラータ・カプト。タコの頭。最初の会議でデリラが笑いながら提案した、やや滑稽《こっけい》な名前。だが、しっくりきた。彼はまぎれもなく頭であり、通常の出張で行なわれる会議の場で、外交上の人脈を通じて起業家を集めたネットワークの創始者だった。自身の取り分は二十五％。そのすべてが——ヴァータハムネン港で作業にあたる者や、そのときどきで特別な任務を割り当てる者に報酬を支払ったのちに——二番目の山の書類に姿を変える。

人が逃げ出そうと決めたら、どこの組織が手段を提供しようが決行する。われわれの組織が選ばれれば、よりよい生活を送れる場所へ逃げるのに協力するだけではない——その後、さらに多くの人を助けるシステムに彼らの金を還元する。

目の前にあるのは、その寄付金だ。

今夜、答えを迫る警部に対して、そのことは説明できなかった。警部は真実を言い当てながらも、他の組織によるおぞましい悪事の罪を着せて彼を非難した。食糧輸送隊の攻撃が、あたかも彼のせいであるかのように。〈チッラータ〉の目指す方向、彼の目指す方向とは正反対の密航業者による、卑劣な行為。自分がそんな卑劣な生き方をするとしたら—

―死んだほうがましだ。

それゆえ彼は戸棚を開け、査証《ビザ》、パスポート、新たな身分の詰まった袋をつかんだ。最初の密航以来、ずっとその場所に収められていたものだ。それゆえ彼はアパートメントの外のエレベーターへ向かった。

こうしたことをどれだけ丁寧《ていねい》に説明しようと、警部には理解されないだろう。あるいは彼の国の司法制度にも。理解しようともしない。できるわけがない。抑圧から自由への旅を計画するのに、どれほどの力と愛情が必要か、彼らにわかるはずもないから。私はこの問題に二十五年間取り組んできた。国家が崩壊し、制度が機能を失い、難民が追いはらわれ、人々が生き延びるためにあらゆることをしながらも死んでいくのを目《ま》の当たりにしてきた。窒息《ちっそく》した何十人かを乗せたトラックが一台、道端に放置されたところで、どうだというのか――何千人もの人間がヨーロッパを目指し、さらに助けるべき難民が何千人といるのに。密閉されたコンテナひとつがなんだというのか――さらに多くのコンテナが港に到着し、逃げ出す者にも留まる者にも、よりよい人生を送るチャンスを与えているのに。それに伴う損害――地下道で死んだ世捨て人、ベッドで永遠の眠りについた孤独な少年。彼らは、私の仕事のおかげで救われる何千もの命という大海の一滴にすぎない。われわれは、いったいなんの権利があって爆弾を落とし、その後に大混乱を引き起こすのか。難民の危機に終わりはない。それどころか、ますます悪化の一途をたどるだろう。少なくとも私は——私は行動を起こしている。

ディクソンは玄関の明かりを消し、自宅のドアに鍵をかけた。

永久に。

エーヴェルト・グレーンスは、タクシーが停まり、役人が料金を支払って、正面入口から入っていくのを見ていた。やがて三階の玄関とおぼしき場所に明かりが灯り、続いて寝室か書斎らしい部屋も明るくなった。各戸の天井がアーチ型になった昔ながらの建物だった。ここから遠くない、スヴェア通りの自身のアパートメントにどこか似ている。グレーンスは周囲を見まわすと、思いきって運転席を倒し、持久戦を覚悟して後ろにもたれた。

そのとき、ふたたび明かりが消えた。どちらの部屋も。

と同時に、グレーンスの電話が鳴った。

「いま、いいですか、警部？」

ヘルマンソン。ささやき声ではなかったが、いつになく静かで緊迫した声だった。こちらの状況に気づいているかのように。

「いま彼の自宅の外にいる。ちょっとした動きがあったところで……重要な用件か？」

「ええ、重要です」

「わかった」

「トール・ディクソンの通話記録です。私用の電話も含め、すべての番号の閲覧許可を得ました。着信で一件、気になるものがあります。未登録で、しかも非通知の番号からです。時刻は今朝《けさ》の十時三十七分」

「十時三十七分？」

「はい。ヒューゴーの記憶とぴったり一致します。ホフマン家のキッチンで、殺人犯が電話で話しているのを聞いたはずの時刻です。それだけじゃありません、警部――前の晩遅くに、やはり非通知の番号から電話を受けています。午前三時二十二分ごろに。法医学者によると、アマドゥの死亡推定時刻だそうです」

「どういうことだ。いままでろくに証拠がなかったのに、ここにきて立て続けに出てくるとは」

「まだあります。幸運にも」

階段の明かりがついた。グレーンスは正面入口を見つめた。スヴェンとマンションの管理組合の理事長によれば、この建物の唯一の出口だ。

「聞いてますか、警部？」

「聞いてる」

「ニジェールから返事がありました。ニアメのホテルの警備責任者です。捜していた運転手が見つかりました。さっき話を聞いたところ、会議場に向かったのはチッラータという名の人物を訪ねるためではなかったと、はっきり覚えていました。彼が乗せて、そこまで送り届けた客の名前だったと。そして、送った写真の男と同一人物だと確認がとれました。トール・ディクソンです」

正面入口のドアが開かれる。

もう一方の手にはスーツケース。歩道沿いに駐められた車へ向かう。

トール・ディクソンの手で。

先ほどの追及で、思いのほか動揺したにちがいない。

明らかに急いでいる。

「こっちに来てくれ。スヴェンもいっしょに。ただちに」

「どうしたんですか？」

「やつが出てきた。ディクソンが。どこかへ向かっている。電話を切ったら、すぐに応援を呼んで、最低でも二台で追うように連絡する」

外務省の役人はスーツケースを車のトランクに積んだ。身柄を拘束したら、エーヴェルト・グレーンスは真っ先にトランクを調べるつもりだった。

トール・ディクソンはスーツケースを入れると、トランクを閉めた。ヴァーナディィース通りの街灯は丸い光の輪に包まれている――ほとんど霧に近い、霞《かすみ》がかった空気。六月の夜に？　ついこのあいだ帰ってきたときには、こんなふうだっただろうか。運転席のドアを開けて座ろうとしたとき、上着のポケットの中で、複数ある電話のひとつが鳴った――この番号を知る者は八人しかいない。

オマール。

なぜ、いま？

「前に言ったはずだ。私がスウェーデンにいるときには、この番号にかけてはならないと」

「そんなことはもうどうでもいいんです――もう終わりだ」

トール・ディクソンは車のキーを手に、通りの真ん中に立って、まさに乗りこむところだった。

「終わり？　どういうことだ？」

「船も、倉庫も、本部も、仲間たちも」

オマールの声は、パニックというよりも苦痛に満ちていた。一語一語を、やっとの思いで口から引きはがしているようだった。

「ひとつ残らず燃えました」

「何を言ってる？」

「いま、港から遠くないところにいます。魚を運ぶのに使っていた箱の上に。何もかも、何もかも吹っ飛んでしまったから。組織全体が──壊滅状態です。あいつを雇ったせいで。あれが失敗だった。いまとなってはもう後の祭りだ」

トール・ディクソンはまだ理解できなかった。だが、オマールが会話を終えようとしているのはわかった。あたかも力が尽きたかのように。そして、向こうで起きていることと、ここで起きていること──エーヴェルト・グレーンスのとつぜんの訪問、一連の質問、発言、あげくのはてに信じがたいほど失礼な態度──に挟み撃ちにされ、ディクソンは夜の闇に押しつぶされそうになった。だが、どうしてもひとつだけ気にかかることがあった。これまでの外交で培《つちか》った経験が、触れてはいけないとどれだけ警鐘を鳴らそうと。

「オマール、まだ切るな」

そのことを口にしたときのエーヴェルト・グレーンスは、このうえなく真剣な表情だった。自分と同じくらい強い思いを抱いているようだった。

「なんですか？」

「ひとつ質問に答えてほしい。どうしても気になることがある。今夜、ある人物に訊かれたことだ」

「なんですか？」

「食糧輸送隊について——民間の警備会社が護衛についている」

「それが？」

「誰が攻撃した？」

「誰……どういうことですか？」

「前回、仕事でニジェールを訪れた際に、そういった攻撃への対処が最も緊急の課題として挙げられた。私は深くは考えなかった。どうせ海賊や、地元の取るに足らない犯罪グループの仕業《しわざ》にちがいないと。あるいは、単に腹をすかせた者が、背に腹をかえられずにやっていることだと。答えてくれ、オマール。誰なんだ？　あの輸送隊の攻撃は誰の仕業なんだ？」

「なんでそんなことを？」

「警備がつく以前は、誰が攻撃していた？　護衛がついてからは？　誰が輸送隊を阻《はば》もうとした？　最も必要とする者から食糧を奪う卑劣なやつは、誰なんだ？　食糧がなければ死ぬような人たちから」

「いまさらどうでもいいでしょう——みんな終わったんですから」

「だからだ。誰だ、オマール？　まさか……われわれではないだろう？」

沈黙。長い。オマールの燃料が切れたかのように。電話を切ったかのように。

「おい、聞こえて……」

「すべて」

「すべて……？」

「忘れたんですか？　もっとおおぜいが逃げ出すように、できることはすべてやれと、俺たちに言いましたよね？」

「彼らに魅力的な方法を提供しろという意味だ。チャンスを手にするための。豊かな生活を」

「だから、そうしたんです。俺とデリラが。すべて。それぞれの足は自立している、そうですよね？　あなたが望んだことだ。それで、自分たちで利益を増やすためにやった——

逃げる気を起こさせたんだ。おかげで毎回、船に乗りきれないくらいの難民が押しかけてきた。どこまでも続く危機を生み出したわけじゃない。逃げるのにちょっと背中を押してやっただけだ」

そして、オマールは電話を切った。

最も必要とする者から食糧を奪う卑劣なやつは、誰なんだ？

あるいは、会話が終わったのは、トール・ディクソンが電話をアスファルトに投げつけたせいかもしれない。

だから、そうした……逃げるのにちょっと背中を押してやっただけ……。

ディクソンは車のドアを力いっぱい閉めた――外側から。自分の住む家へと戻る彼の頬には、心なしか涙が光っていた。

エーヴェルト・グレーンスは上着の袖《そで》でフロントガラスを拭《ぬぐ》った。吐いた息と夏の空気がぶつかる部分が曇っていた。曇りがとれると、車の中から通りの反対側がよく見えた——トール・ディクソンはすぐそこまで迫っていた。外交官は運転席のドアを開けたまま、電話で話していたが、ふいに動揺を見せ、張りつめたような表情で、ときに激しく手を動かした。絶望しているかのように。そして彼は、電話を力いっぱい地面に叩きつけると——少なくともそう見えた——車のドアを閉め、出てきたばかりの建物へ急ぎ足で戻った。

先ほどのまったく動じない姿は、いまや見る影もなかった。

階段の照明が点《つ》き、エレベーターが上昇するのも見えた。

後悔しているのか？　何かを疑っているのか？　こちらの動きに感づいたのか？

それとも狙いが当たったのか——ちょっとした揺さぶりが功を奏したのか？

だとしたら、逃げ出すのも時間の問題だ。

踏みこむべきだった。

組織のリーダーたちとの接点を示す新聞記事、通話記録、タクシー運転手の目撃証言があれば、少なくとも逮捕は可能だ。だが、グレーンスは待った。単独での行動は許されず、そのつもりもなかった。スヴェンとヘルマンソンが――最新のメッセージによると――もうじき到着するのだから、不必要かつプロにふさわしくない行動だろう。

階段、続いてアパートメントに目を凝らす。だが、やはり中の様子はうかがえなかった。カーテンは揺れず、明かりもつかない。

やっと来た。

バックミラーがふたつ装備された黒のボルボ。ヘルマンソンが運転席、その横にスヴェン。ふたりは都心部の通りを進み、やや離れた場所に車を駐めるとヘッドライトを消した。

きっかり五分。

それが通常の待機時間だった。

息をする。

だめだ。できない。

どれだけ必死に吸っても、空気が足りない。どれだけ吸いこんでも、呑みこんでも、喉《のど》にも胸にも届かない。誰かが押さえつけ、窒息《ちっそく》させようとしているかのように。

トール・ディクソンはエレベーターの非常ボタンを押し、何度か失敗してから、やっとのことで扉をこじ開け、すり抜けるようにして二階に降りた。

だが、変わらなかった。

呼吸は何も取り入れなかった。

十段下の一階と二階のあいだの小さな踊り場に、窓があった。彼はそこまで駆け下りた。

窓を開け、風、涼しさ、酸素を中に入れた。

目を閉じた。

二度の会話がすべてを変えた。最初は、警部に問いつめられて心底動揺した。

〝私はこのために生きているんだ！　死ぬ覚悟だってある〟

そして、オマールに崖から突き落とされた。

〝誰だ、オマール？　まさか……われわれではないだろう？〟

このうえなく恐ろしい答えを引き出した問い。

ディクソンは耐えられなかった。

彼の築いた組織〈チッラータ〉が、残虐な行為のなかでも最も残虐なことをしていた。手に入るはずの唯一の食糧の破壊。支援組織の本質、理念、存在そのもの、そしてディクソンの人間性に反する行為。

息ができない。

究極の裏切り。

デリラもオマールも、この仕組みが何を目的としてつくられたのかを理解していなかった。

どんなときも人々を見捨てない。生きている者をよりよい生活の送れる場所へ連れていき、死者にはふさわしい死を与える。

息ができない。

コンテナの中の七十三の遺体。それだけでなかったら？

自分には把握しきれないほどの数だとしたら？

息ができない。

仲間が利益のために食糧を攻撃してから、いったい何人が飢え死にしたのか。

他の密航業者と同じように、船に乗りきれないほど詰めこんだせいで、何人が地中海の底に沈んだのか。

できない。できない。できない。

トール・ディクソンは肘《ひじ》を窓枠につき、身を乗り出した。

いまや明らかだった。

彼は誤った前提に基づいて、誤った判断を下した。

自分のしたことに気づいていれば、グレーンスが短期間で見抜いたことに気づいていれば、なんらかの行動を起こしていただろう。

私のせいだ。

彼はさらに身を乗り出した。空気を求めて。懸命に息を吸おうと。

すべて自分のせい。

息を吸いこむ。

自分のせい。
息をする。

三人は同時に車を降り、入口へ急いだ。スヴェンが住宅組合の理事長から教えてもらった四桁《けた》の暗証番号を入力すると、ほぼ全面がガラスモザイクの美しく装飾的なドアが開いた。

玄関ホールに入るなり、隙間風を感じた。どこかの窓が開け放たれているかのように。

案の定、二階の踊り場の窓が開いていた。そして風が窓枠をがたがた揺らしている。

逃げ道。あそこから建物の裏側の中庭に出て、別の建物の中庭、さらに別の建物の入口へと抜けられる。

まんまと出し抜かれた。

三人は、ふた手に分かれた。スヴェンは開いた窓から暗がりに這《は》い出た。グレーンスとヘルマンソンはそのまま階段を上がった。

玄関のブザーを二回、長く強く押す。もう一回。

だが、中は静かだった。

警部が侵入道具を取りに車へ戻りかけたとき、ヘルマンソンがドアの取っ手に手をかけた。

鍵はかかっていなかった。

彼女はグレーンスに戻るよう合図し、スヴェンが窓を通り抜けて中庭の門へ向かう姿を横目で見ながら、ふたりは銃を構えて長い廊下に足を踏み入れた。

空き家。

さながらそんな印象だった。

廊下の突き当たりに部屋があった。グレーンスが通りから見上げ、寝室か書斎だと当たりをつけた場所。仕事部屋だった。大きなオークの机、ほとんど読んだ形跡のないスウェーデンの古典文学が並んだ本棚、茶色い革の肘《ひじ》掛け椅子。壁には、外務省のオフィスにあったものと同じような、額に入った白いバスの写真。ディクソンは、その活動を類まれな慈善援助組織によるものだと敬服し、称賛していた。ヘルマンソンがキッチンへ向かっても、グレーンスはその場に留まり、秘密の隠し場所がないかどうかを探した――あるとしたら、おそらくこの部屋のどこかのはずだ。

二度目に机のわきを通り過ぎたとき、きちんと重ねられた紙の山がふたつ並んでいるのに気づいた。どちらもほぼ同じ高さで、それぞれA4サイズの用紙が百枚ほどの分量だ。

その瞬間、はっとした。

一方の山のいちばん上は、彼の携帯電話に保存された画像と似たような書類だった。ホフマンがズワーラの本部から送ってきたものだ。グレーンスは手に取って目を通した。似ているだけではない——ほぼ同じだった。数字は異なるものの、同一の項目が記されている。残りも一枚ずつ確かめた。

すべて同じ内容だった。

難民の密航の一回ごとの収益報告書。

探していた証拠。

あの男は刑務所で朽ち果てるはめになるだろう。そして鍵を投げ捨てるのはグレーンスだ。

もう一方の紙の山を見ようとしたとき、ヘルマンソンが大声で叫ぶのが聞こえた。

「警部！」

彼は声のほうへ急いだ——何が待ち構えているのかはわからなかったが、すぐに明らかになる。広いキッチンと、さらに広いリビングを抜け、ふた部屋ある寝室の一方に入った。ヘルマンソンは電気スタンドを点《つ》け、つややかなベッドカバーにしわをつくってダブルベッドに座りこんでいた。

「あそこに――」

彼女はクローゼットのほうをあごで示した。ウォークイン・タイプの広々としたスペース。グレーンスは中に入った。が、すぐに足を止めた。

トール・ディクソンが天井のフックからぶら下がっていた。

その首にはロープがきつく巻きついている。

理由はわからないが、自分も窒息死《ちっそくし》することを選んだのだ。コンテナの中の七十三人の難民と同じ方法で死ぬことを。

トール・ディクソンの広いウォークイン・クローゼットに鑑識や葬儀屋が押しかけるあいだに、エーヴェルト・グレーンスは、ほかの部屋をひとりで見てまわった。外務省の役人は、みずから命を絶つ前に書き置きも遺書も残していなかった。突如、耐えきれないほどの窮地に追いこまれたにちがいない。密航ビジネスに関することで——少なくともグレーンスは、そう推測していた。あの机の上にあった書類の一方の山に関する。あるいは、ふたつの山に。すぐとなりに、同じくらいの高さの、まったく同じ分量の書類の山があったが、まだ内容を確かめていなかった。

廊下を進み、キッチンともうひと部屋の寝室を過ぎて書斎に入った。

スウェーデンの古典文学が並んだ本棚。茶色い革の肘掛け椅子。重厚な机。

そして——ふたつの書類の山。

目指すはそれだ。

最初の山はすでに調べた。完了した密航の各回ごとの利益分配表が百七枚。捜査における決定的な証拠。裁判で、トール・ディクソンと犯罪ネットワークとの関係を裏づけるにはじゅうぶんだろう。

だが、もうひとつの山がある。

グレーンスは、はじめてめくってみた。

やはり百七枚。同じように、一枚ずつ番号が振られている。

領収書の類だと、すぐに確信した。

匿名《とくめい》の入金。さまざまな銀行口座の。

グレーンスはディクソンの椅子を引き出して、腰を下ろした。自分が何を目にしているのか、まだわからなかった。

もう一方の山がトール・ディクソンに対する支払いの記録だとすれば、こちらは彼による入金のようだ。振りこまれた支払金の総額。

毎回の密航の直後に、コードネームCCが受け取っていたのと同じ額。

莫大な金額。何億もの。

それは、あらゆる分野の名の知れた援助団体の口座に入金された匿名の寄付だった。赤十字、セーブ・ザ・チルドレン、ホワイト・ヘルメット、アムネスティ・インターナショナル等――支援の必要な人々のために真剣に活動している、ほぼすべての団体が、驚くほど多額の寄付を受け取っていた。

エーヴェルト・グレーンスは立ち上がった。

なんてことだ――あの男は自分が善行を積んでいると信じていた。

だが、すぐに座り直した。

まだある。

書類が二枚。形式も内容も、ほかとは大きく異なり、山のいちばん下からはみ出していた――派手な緑色のマーカーが引かれ、グレーンスのような人物がめくっていれば、すぐに目につく。

彼はその二枚を引き抜いた。

一枚目――日付は数年前――は、トール・ディクソンがカタールに組織の銀行口座を開設した際に獲得した委任状のコピーだった。マルタ・ロンバード銀行の銀行家が密航ビジネスの収益をその口座に送金している。

もう一枚――取引時間はグレーンスとヘルマンソンがこのアパートメントに入るわずか数分前――は、ディクソンがその委任状を利用して、まさに有終の美を飾ったことを示していた。他の違法行為と同じくらい独創的な偉業。外務省の役人はその委任状で組織の全資産を担保に入れ、それをもとに同額の資金を借り入れて、さまざまな援助団体の口座に入金していたのだ。

グレーンスは使いこまれた革の椅子の背にもたれた。

これはディクソンの遺書だ。

役人は密航ビジネスを立ち上げ、さらに多くの人が逃げ出すのを手助けしていた。それと同時に、犯罪者に渡るはずの金を現地の救援活動にまわしていた。

一石二鳥。

そのうえ彼は、最初から仲間の利益も同様に使われるように計画していた。この活動が終わりを迎える日、すなわち組織の実態が暴かれるか分裂した際には、パートナーの利益を着服するつもりだった。ホフマンの情報によれば、デリラ、オマール、ユルゲンという名のパートナーたちは皆、長年ただ働きをさせられてきたのだ。すべてが準備されていた。非常口、別れの挨拶《あいさつ》、たったいま贈られたばかりの最後の大きな贈り物。

エーヴェルト・グレーンス警部は、立ち上がる力さえ奪われたようだった。立場や状況が異なれば、グレーンスはこれほど巧みな社会の操作に思わず膝《ひざ》を打っていたかもしれない。社会はこれだけの恩恵を受けるに値することもある。

だが、この男は自分を英雄だと信じて行動していた。

彼らがあそこに倒れていたあいだに。閉じこめられて。身動きもせず。互いに重なりあって。

ガイドがあそこに倒れていたときに。

アマドゥがあそこに倒れていたときに。

彼らが死んだのは……このためだったのか？

アパートメントのどこかでヘルマンソンや法医学者の声がかすかに聞こえるなか、警部は机を離れ、先ほどまで車で見張っていた通りを見下ろす窓に近づいた。階段のところと同じように、窓を大きく開けた。この時期には真っ暗になることのない夏の夜を中に入れた。

だからだ。

だから理解できなかった。彼の動機は他の犯罪者とは異なっていたから。

コンテナで窒息死《ちっそくし》させておきながら、なぜわざわざ遺体がきちんと扱われるようにするのか。なぜ泡でにおいをごまかしてから、泡を落とし、街中の地下道を引きずって、あちこちの遺体安置所に置き去りにしたりするのか。

おまえだった。

おまえは俺と同じことをしようとしていた——すべて失敗に終わったが。

彼らに死を取り戻そうとした。

驚かすつもりだった。またしても腹の底に感じた。あの渇望を。錆《さ》びた門から、自身の現実の世界が存在する家までの短い距離を歩きながら。

今回は帰れないはずだった。ところが、二週間の予定が大幅に早まった。ピート・ホフマンは階段の最上段にスーツケースを置き、ポケットの中の鍵を探した。そのとき音が聞こえた。家の中から。声。子どもの声。彼は腕時計を見た。まだ起きているはずがない。なんでもない土曜日なのに。

周囲を見まわす。隣家の車は私道に駐《と》まっていた。いつもの週末の朝のように。

また聞こえた。子どもの声。ラスムス。間違いない。もうひとり、あれはヒューゴーだ。なぜふたりともこんなに早く起きているのか。同時に三つの感情が湧く。心配——何かあったのだろうか。喜び——こんなにも早くふたりにキスして、抱きしめることができる。そして、かすかな落胆——荷物を地下へ運んで中身を整理してから、買ってきたプレゼントを取り出し、皆のために朝食を作ろうと計画していたのだ。家族がキッチンに現われる前に。

彼はドアの取っ手をそっと押し下げ、玄関に忍びこんだ。

驚かせてやろう。

腹の中でますます期待がふくらむ。

皆が座っているリビングにいきなり入り、大声で、けれどもおどけた調子で叫んだ――だーれだ？

あらゆる反応のなかで、最も予想していなかったものが返ってきた。三人とも怯《おび》えたのだ。彼がとつぜん入ってきたからだけではない。ヒューゴーは叫び、ラスムスは隠れ、ソフィアは呆然と前を見つめていた。誰だか気づいてからも、父親が帰ってきたとわかってからも。

皆、凍りついた。

「いったい……どうしたんだ？」

休日にしては早起きだ。いつものようにとつぜん姿を現わすと、パニックに陥り、ほとんど恐怖におののいている。

「ソフィア？　ラスムス？　ヒューゴー？　何かあったのか？　なんでこんなに早く起き

てるんだ？」

ソフィアはかぶりを振り、ほほ笑もうとした。ラスムスはソファーの後ろから顔をのぞかせた。ヒューゴーは声を落ち着かせようとした。

「ううん、パパ、何もないよ。昨日……学校が早く終わったから。ちょっと早く目が覚めただけ」

三人を抱きしめて、臨時の食糧輸送は思ったよりも楽で早く終わったと説明してから、彼はキッチンへ行き、すぐに家に帰りたくてアーランダ空港では我慢したコーヒーを淹《い》れようとした。だが、キッチンテーブルのところで足を止めた。どんな部屋に入るときも、状況を読み取り、分析し、備えるのが習慣だった。ところが、自宅のキッチンは読めなかった。見覚えのない床の血痕《けっこん》。そして壁には、換気扇の横に新たな穴。幅はそれほどないが深く、見慣れた形だ。彼はすぐ後からついてきたヒューゴーと顔を見あわせた。

「何もなかったのか？」

「何もなかったよ、パパ」

前にエーヴェルト・グレーンスに電話をかけたとき、電話に出たがらないヒューゴーのために警部は嘘をついた。今度はヒューゴー自身が嘘をついている。しかも、あまりうまくない。少なくとも、息子の顔を隅々《すみずみ》まで知り尽くしている父親から見れば。

「何も？　前に帰ってきたときには、あんな染みはここになかったぞ」

血。断定はできなかったが、おそらくそうだろう。ごく最近、誰かが血だまりを拭き取ろうとした跡のようだ。

「パンケーキ」

「パンケーキ？」

「ママがアマドゥを迎えに行った夜に、エーヴェルトさんが来たんだ。それで、いっしょに格子模様のパンケーキを作ったんだよ。そのときラスムスが苺《いちご》ジャムの瓶を落として、瓶が割れちゃったんだ」

「じゃあ、あの穴は？」

弾痕。

ホフマンにはわかった。あのまぎれもない壁の跡。場所というのは、そこで起きた暴力行為の痕跡を残すものだ。

彼は腰を下ろした。

ヒューゴーは嘘をついている。それはやむをえない。子どもは嘘よりもひどい真実を隠そうとして、そうすることもある。大人と同じく。だが、単なる思い違いだとしたら？　まだ記憶が生々しい爆発、遺体、混乱の影響かもしれない。染みと穴。子どもの激しい遊びでも、ふつうに残るものだ。それを血痕と弾痕に仕立て上げようとしているのか？

「知らない」

「あの壁の穴がどうして開いたのか、知らないのか？」

「前からなかったっけ？」

しばらくして、コーヒーを飲み、いつものようにソフィアと抱きあい、ヒューゴーとラスムスにお土産《みやげ》を渡した。機内で購入したプラスチックのアクションフィギュア――どうやら世界じゅうの子どもが集めているようだ。そして、階段を下りて地下の仕事部屋へ、洋服だんすへ、その裏側の自分しか知らない部屋へと向かった。

そこにスーツケースを運びこむ。本部から持ち出したふたつのうちの一方。もう一方は、絶望した難民の最後のグループのもとに残してきた。

洋服だんすの裏側にある秘密部屋。

壁の右上のほうにある小さなレバーを押し下げて開ける。

金庫、金属製のキャビネット、防弾チョッキの掛かったラック。ちょうどぴったり収まっている。だが、キャビネットや金庫に保管してあるものを移動させ、うまく詰め直せば、スーツケースの中身も入るだろう。

ふたたび幸せな気持ちになった。

渇望と喜びは、妻と子どもが自分の帰宅に対して見せた不自然な反応のせいで不安となり、キッチンの奇妙な跡について息子が嘘をついたことで困惑となった。だが、やっと落ち着きが戻ってきた。いつ、どんなときも警戒心を緩《ゆる》めなかった身体に。

金属製のキャビネットを開けるまで。

そして、上段の拳銃を見るまで。

銃身が外側に向けられていた。いつも自分が置くときのように内側ではなく。

何者かがここに侵入した。

晴れやかな朝。

エーヴェルト・グレーンスは年老いた身体をうまく支える岩に座り、ストックホルムの港の入口を眺めていた。海は凪《な》いでいた。波ひとつない。鳥が一羽、きらめく魚めがけて海に飛びこみ、魚が水面に舞い降りた虫をぱくりと呑みこんだ以外は、何もかもが静かだった。

前回、介護ホームを訪れたときから一週間が経っていた。こうして通いつづけているのは、およそ正気とはほど遠い世界で、みずからの正気を保つためだった。彼とアンニと、歳月が彼のために形づくり、この場所に用意した大きくて平らな岩だけ。スヴェンとヘルマンソンに押しつけた書類から離れて。毎回、捜査の実質的な終幕となる事務作業から逃れて。

彼だけの唯一の場所。

にもかかわらず、決まって邪魔の入る場所。

前回は、遺体安置所の職員が余分な遺体を発見したせいだった。

「話があります」

「あとにしてくれないか。いまはちょっと手が離せない」

「だめです」

今回は、おそらく自業自得だ——ピート・ホフマンを無理やりこの件に引きずりこんだのは、ほかならぬ自分だったから。

「わかった。聞こう」

「いま家に帰ってきたんですが……俺の留守中に何があったんですか？」

「どういう意味だ？」

「まず、キッチンにどう見ても新しい血痕があります。それに壁には、どう見ても弾痕がある。それから……誰も知らない自分だけの部屋があるんですが、誰も知らないのに——誰かが俺のものに触《さわ》った。グレーンスさん、約束しましたよね。家族の身に何も起こらないようにするって」

「約束は守った。何も起こらなかった」

「だったら、血痕や弾痕や、部屋の侵入者はどう説明するんですか？」

「さあね、ホフマン。おまえこそ、どう説明するんだ――おまえが変わらなければ、家族を失うことになりかねないってことなんじゃないか？」

グレーンスは海を見やり、水面を深く切り裂いて群島のあいだを進むフェリーを目で追った。これで何度目だろう。他人の問題に首を突っこむのは。だが、黙って見ていることはできなかった。そんなふうに生きるのはまっぴらだと、どれだけ自分に言い聞かせても。ふたりの少年は、彼が自身の周囲に築いた壁を無視して、いつのまにか内側に入りこんできた。

「ホフマン、俺はな、一週間に一度、リディンゲ橋を渡って、かつて妻が暮らしていた介護ホームに来る。そして、気が済むまで外に座っている。この場所につながりを感じてるからだ――彼女に。おまえはいまの家につながりを感じるか？ 俺は昔持っていた唯一のものにしがみつこうとしている。ところがおまえは、いま持ってるすべてのものから逃げている。どっちが間抜けか、俺にはわからない」

フィンランドへ向かうクルーズ船が眼下をゆったりと進んでいく。フェリーを呑みこみそうなほど巨大な怪物は、海の静けさを残らず破壊した。

「おまえの上の子を見てたよ、ホフマン。わずか数日で大きく変わる姿を。子どもというのは不思議なものだな。みるみる変わっていくから、花が咲くのをそばで見てないといけない。俺は、父親が見るべきものを見ていた。おまえは昨日、息子がすごいことをするのを見逃した。あんなものはもう二度と見られないぞ。おまえにはわかりっこない——おまえの息子は、怖い目に遭ったら、父親じゃなくて俺に電話をかけてくるんだ」

まだ電話の向こうにホフマンがいるのかどうか、グレーンスにはわからなかった。周囲の雑音も、呼吸も聞こえない。

「俺には岩がある。年月とともにすり減った。おまえには家族がいる、ホフマン。しかも、もうじき増えるぞ。大事にするんだな」

だが、かまわなかった。もう言うべきことは、ほとんどなかった。だから最後は、おもにどんなふうに聞こえるのかを試すために言った。もし聞いているのが自分だったら、と想像して。

「もう行くよ——これから、ラウラという名の女性と会うんだ。ゆうべ電話で誘った。目は輝くような存在感を放っていて、口元にはこれ以上ないほどやさしい笑みを浮かべる女性なんだ。いっしょにいると、死人がいる部屋でもリラックスできた。もっとも、かなり怒りっぽいという話を聞いたがな。だが、どうやら向こうも俺に会いたがってるようだ。こんなばかげた話、聞いたことあるか?」

〝おまえには家族がいる、ホフマン。しかも、もうじき増えるぞ〟

〝大事にするんだな〟

いったい全体、どういう意味だ？

ピート・ホフマンは、自分にとって唯一のわが家のキッチンで蛇口をひねり、水が冷たくなるまでシンクに流しっぱなしにした。そしてグラスいっぱいに注ぎ、飲み干してから、もう一度グラスを満たした。

壁の穴。床の染み。

あんたは安全なはずだった。俺が三時間、命をかけて戦っていたあいだ、別の世界、この世界にいた。安全そのものの世界に。

だったら、何がわかりっこないんだ？

ヒューゴーの嘘。ラスムスの不安。グレーンスのたわ言。

俺には何が見えていないのか？

それとも、あいつの言うとおり——家族を失おうとしているのか。俺は手術で摘出される嚢胞《のうほう》みたいなものなのか。みんな、俺を遠ざけているのか。いままで俺がそうしてきたように。

ホフマンは見覚えのない家を歩きまわった。キッチンからリビング、リビングから廊下、廊下からキッチンへとさまよった。

そしてヒューゴーは？

なぜグレーンスが子育てに首を突っこんだのか。ヒューゴーが成長したと断言したのか。すごいことをしたと。

あれはどういう意味だったのか。

ピート・ホフマンは困惑しながら、落ち着かない様子で歩きつづけた。じっとしていられなかった。あの地中海の暗い夜に耐える力となり、ずっと心待ちにしていた渇望、喜び、安らぎは、もはや手が届かなくなってしまった。しかたなく地下に戻り、仕事部屋へ向かう。洋服だんすの裏の壁が開き、金庫が現われた。その中には、先月分の密航の収益が半分入っている。警備会社がズワーラの港から回収できなかった金。

大量のドル紙幣。クローナに換算すると一億以上。

一生かかっても使いきれないほどの金額。

家族を大事にするために使っても罰は当たるまい。そうだろう、警部？

二十八日前

「アリソン！」

力のかぎり叫ぶけれど、聞こえたかどうかはわからない。

「アリソン！」

風で砂埃《すなぼこり》に吹きさらされるなか、ピックアップ・トラックはでこぼこの地面を疾走して、僕たちはたえず荷台にぶつかっている——それに、何を言っても周囲の風景が言葉をさえぎって、きみに届かないうちに地面に叩きつける。

「しっかりつかまって！」

僕たちは荷台のへりに座って脚をトラックの外に出し、側面に足を押しつけている。数人分のスペースに十八人も押しこまれているせいで、トラックがあっちに走ったりこっちに走ったりするたびにバランスを保つのが難しい。四日間。着くまでに、それだけかかる。最初の行程が終わるまで。

「こうするんだ、アリソン――僕を見て！」

あいかわらず聞こえていない。でも、どうにか彼女が気づいて、互いに顔を見つめあうと、もうどうでもよくなる。彼女がほほ笑む。僕にはわかる。焼けつくような陽射しから守るために、頭も額も、顔のほかの部分にも白い布を巻きつけて、目の隙間以外は全部覆《おお》っているけれど。とてもうれしそうだ。僕と同じく。何日も、何カ月も、何年も、ずっと望んできて、ついに出発した。僕はアガデスを振りかえる。このトラックの荷台の席を買った場所。砂漠を進むにつれて、街はどんどん小さくなる。

彼女のことは、誰よりも大事だ。その気持ちがいつ芽生えたのかも、はっきり覚えている。枯《か》れかかったアカシアの木の下で、となりあって残り少ない葉を取っていたとき。唯一残された食べ物。あのときに決めた。こんな暮らしは、もうたくさんだ。ニアメへ行こう。ときどきふたりで笑いながら〝村〟と呼んでいた首都。通りは舗装されていなくて、そこらじゅうでヤギや牛がゴミを漁っていたから。フィリンゲと同じように。

「イドリス！」

おかしい。

彼女の声は聞こえる。

彼女が僕に向かって叫ぶときには、言葉はばらばらにならない。風や砂に呑みこまれない。

「ほんとうに来たのね、イドリス！」

僕はうなずいて笑う。彼女には見えないとわかっていても。手を振るのは危険だ。落ちるかもしれない。

せいぜい六人分のスペースしかない荷台に十八人。それでも大丈夫だ。皆が大丈夫だと思えば。ほとんどが、アリソンや僕と同じニジェールから来て、そのほかはセネガルとガンビアから小さなグループがふたつ、それにブルキナファソとトーゴから何人か。トラックを待つあいだに給水係を任されて、おかげでいま、僕の膝《ひざ》のあいだには赤色の重いプラスチックの容器がはさまっている。ときどき、それをみんなでまわす――ひとり、ふた口だけ。それが大事だ。でないと、次に水を汲《く》める場所までもたないから。

ニアメで二年間、ふたりで昼も夜も働いた。南側の掘っ立て小屋を夜明けに出て、ニジェール川のケネディ橋を渡って、北側のアルバルカ市場のラワイリ兄弟の屋台で野菜を売る。昼食のあとはマリ・ベロ大通りでゴミを拾って、夜はレストラン〈マーキス・アフリカ・クイーン〉の厨房《ちゅうぼう》で皿洗いをした。二年間、それでも足りなかった。まだ金が足りなかった。だからフィリングに戻って、アリソンの叔母と僕の父に家畜を売ってほしいと頼んだ。ふたりとも売ってくれた。僕たちのために。いくらか価値のある唯一の財産を売って、僕たちが必要な残りの金を貯めるのに協力してくれた。夜を走るピックアップ・トラックの荷台で、よくふたりのことを考える。運転手が休憩のために停まるたび、僕はアリソンの手を握って、リビアや地中海、ヨーロッパ、その先の僕たちの人生について話す。

「イドリス?」

トラックはスピードを落とし、砂漠の道はますますでこぼこになって、砂の吹きだまりができている。

しばらくは話しやすい。

「うん?」

「あなたの……全部、あるべき場所にある?」

何が言いたいのか、僕にはわかる。ほかの人にはわからなくても。でも、それはどうでもいい。

〝全部〟というのは、この旅の各行程の料金を払うために集めた金から、砂漠の横断のために払った六百ドルを差し引いたものだ。〝あるべき場所にある〟というのは、その金が僕のズボン、シャツ、薄い上着の内側にきちんと入っているということ。かさばると目立つから、彼女が少しずつ数カ所に分けて丁寧《ていねい》に縫《ぬ》いこんでくれたのだ。

「大丈夫だよ、アリソン。全部、あるべき場所にある。もうじき、僕たちもいるべき場所に行けるんだ。別の世界に」

彼女は僕を見て笑う。そのうちに、僕も笑い出す。いつものように、ふたりで笑い出す。止まらなくなるくらい大声で。まわりの人たちはかぶりを振るが、すぐに彼らもつられて笑い出す。奇妙な光景――ひたすら同じような砂丘が続くなか、ピックアップ・トラックに白い布で顔を隠した人が詰めこまれて、皆、笑ってむせている。

一時間半ほど経って――はっきりとはわからないけれど、太陽の位置でだいたいの時間を計る――運転手がふたたびスピードを落とす。たくさんの死体のそばを通り過ぎる。アガデスのカフェで、客がひそひそと話していたのはこのことだ。三十七まで数えた。そこらじゅうに横たわっている。おおぜいの子どもだと、すぐにわかる。とても小さいから。腐って、干からびて、ほとんどはジャッカルに食いちぎられていた。彼らはここまでしかたどり着けなかった。アルジェリアの国境を越えてすぐに、彼らの乗っていたトラックのエンジンが故障したのだ。

僕はアリソンの手をつかんで、強く握りしめる。

さっきまで笑っていた。ただ喜びが内側からこみ上げていた。やっと旅立ちを迎えたのだから。

僕は彼女を見て、彼女は僕を見る。運転手はまたスピードを上げる。あと三日。そうすればリビアに、ズワーラの港に、海に着く。

最後にもう一度振りかえって、砂丘に隠れて見えなくなる前に、散らばった死体を見つめた。

僕たちは気づいた。

別の人生へ向かう旅では、こういうことが起きてもおかしくないと。

僕たちの旅が、そうならずに済んで、心の底からほっとした。

十九日前

波止場や海からほんの数分歩いたところにある、ズワーラの港の寂れた倉庫。僕たちはここに座って、五日五夜、待っていた。最初は数十人、それがすぐに百人ほどになって、いまは——だだっ広い空間に、ほとんど動けないほど詰めこまれた人を数えるのは難しく、確かなことはわからないけれど——四百人近くいる。

つまり、もうそれほど待たずに済むということだ。

漁船には全員乗れるはずだ。僕たちは皆、サハラ以南の国から来て、料金は出身国によって異なる。僕とアリソン、それに周囲の人たちは、第二行程——地中海横断——のために、ひとり当たり千五百ドル。チュニジア人やモロッコ人など、砂漠の北から出発した人は、たいていの場合、もっと多く支払う。シリア人やスーダン人は、さらに多く。たくさん払える人ほど、乗客の少ない船に乗ることができる。

「アリソン？」

僕は彼女を抱き寄せて、ぎゅっと抱きしめる。

「なあに？」

「たぶん、もうすぐだ。これだけ人が集まれば、じゅうぶんだろう」

彼女はあくびをして、僕の腕の中でうずくまる。

「いつ？」

「今夜。ぜったいとは言えないけど、それらしいことを聞いた気がするんだ。靴は履《は》いたままでいたほうがいい。上着も。あわただしいだろうから」

ここは暗い。照明はなくて、天井と壁の隙間から射しこむ月明かりだけ。それでもお互いの顔は見える。彼女の表情は穏やかで、期待に満ちている。僕たちはじゅうぶんに用心した。四日間かけて砂漠を横断して、ズワーラの手前数マイルのところでおんぼろのピックアップから降ろされても、みんなと同じようにはしなかった。まっすぐ港に向かって、じきに満員になって出航する船には乗らずに、次の船を待つことにした。そして、街中のレストランに行った。そこに警備会社で働いている人たちがいると聞いたのだ。そのうちのひとりと会う予定だった。信用できて、持っている金をすべて手渡すのを手伝ってくれる人物と。第二、第三、第四行程の支払いを。旅が最後まで保証されていることを確かめてくれる人物。

「イドリス?」

「うん?」

「私の聞いてる音が聞こえる?」

「聞こえるよ、アリソン。足音がドアに近づいてきた。そろそろ時間かもしれない」

最終目的地の名前はわかっていた——スウェーデンという国。ズワーラの中心街のレストランを片っ端からまわって、やっと警備会社の人を見つけた。金髪で四十歳くらい、けれども目はもっと年をとって見えた。彼は密航組織の人間に会うのに付き添ってくれた。万一のために衛星電話までくれた。それを使って、僕たちはアリソンの従弟《いとこ》に電話をかけた。アマドゥという名の少年に。

「聞いて。聞こえる? そうにちがいないわ」

「聞こえるよ」

「私たちの番よ、イドリス」

彼女は笑い、僕は彼女の眉、頬、口にキスをする。僕たちが立ち上がると、倉庫はたちまち空《から》になる。何百人もの人が列車みたいに連なって暗がりを進む。誰も、ひと言もしゃべらない。大きく息を吸ったり、波止場に足をこすったりする人もいない。そうするように指示された。あり金をはたいてここまで来た僕たちは、言われるままに動く。

「イドリス、私のそばを離れないで」

彼女は僕を引き寄せる。旅のあいだは、おおぜいがひしめきあう状態に耐えないといけない。船が揺れたり傾いたりするたびに、もっと密着するだろう。何週間、何カ月もの旅で、水や石鹸《せっけん》がろくに使えないと、ある種のにおいが漂いはじめる。警備員と会ったあと、アリソンは海辺に寄りたいと言い出した。このあたりの海は、とくにきれいではないと知っていたけれど、汚れを洗い流したほうがいいと言うのだ。僕は反対した。倉庫でよい場所を確保するほうが大事だと思ったから。でも、僕のためだと説得されて折れた。僕を近づけたくないと思うのが嫌だと。暗闇に隠れるようにして彼女は水を浴び、服を着たまま海に浸かり、笑って僕に水をかけながら、近くの海岸に打ち上げられた、ぱんぱんにふくらんだ死体は見えないふりをした——最近、合わせて六百人を乗せた二艘《そう》の船が沈んだ。でも、もう遺体を運び出そうとする者はいなかった。

僕は不安を彼女に見せないようにする。

けれども、少なくともこの船はちゃんとした船に見えるから、海の真ん中で停められることもないだろう。話によると、ランペドゥーサという島の沖合の石油リグまで向かうようだ。とはいっても、船は全員をそこまで運ぶわけではなかった。救命ゴムボートに降ろされて、石油リグの労働者に救助される。たいていの場合、イタリアの沿岸警備隊に通報されて、彼らの手で陸まで連れていかれる。

「私の見てるものが見える、イドリス？」

彼女は幸せだ。僕にはわかる。何度もキスをしてくる。やわらかな唇《くちびる》が触れる。

「見えるよ」

「アフリカの海岸が消えたわ」

僕はキスをやめようとしない彼女の肩をつかんで、そっと振り向かせる。

「見てごらん、アリソン。あっちを——外海だ」

「もうひとつの世界ね」

「僕たちの世界だ」

十六日前

細い道を出て高速道路に入ったにちがいない。一定のスピードで、ブレーキもほとんど踏まない。けれども、あいかわらず暑かった。食品を運ぶトラックの中。荷台に乗りこむときに、大きなロゴマークと、カラフルな缶詰のスープの絵が見えた。

一日半。

そのあいだランペドゥーサ島の難民キャンプにいた。

指紋を採られてからは、ほとんど何もせずに、ここまで乗ってきた船よりも大きな船に乗せられて、本土のサレルノへ運ばれた。

「アリソン？」

「んん」

「眠いの？」

「ちょっと」

「だったら寝たほうがいい」

彼女がもたれかかってきて、僕のあごと喉《のど》のあいだに頭を預ける。

いっしょにいると、とても落ち着く。

彼女の息を感じて、それが僕の息になる。

次の難民キャンプでひと晩。それから、密航組織の人間がキャンプの監視員といっしょにやってきて、僕たちを駐車場まで連れていって、このトラックに乗せた。予定どおりいけば、ここで二日間過ごすことになっている。このために千ドル支払った。どこから来ても金額は変わらない。ただし子どもは半額。当然だ、半分しか場所をとらないのだから。全部で六十五人。乗りながら数えて、何時間か走るあいだに、もう一度数えた。単なる暇つぶしに。子どもが三人、女が五人、男が五十七人。どの行程も、だいたい同じ割合だ。

アリソンがいて、ほんとうによかった。いっしょに来たいと言ってくれて。

「あなたは、イドリス？」

「何がだい？」

「どうして眠らないの？」

「すぐに寝るよ。もう少し……先まで行ったら」

ヨーロッパを北に向けて二千キロ。少しでも見たかった。ほんとうはどんなふうなのか。みんなが言うように、緑が広がっているのかどうか。このトラックに閉じこめられていたら、何も見えない。動くこともできない。だけど、それでもかまわない。第三行程はすぐに終わる。

目的地に着かないトラックがある――そんな噂をアリソンが耳にしたかどうかはわからない。もし知っていても、そのことは話したくないはずだ。僕と同じで。空気を入れる小さな穴がいくつかある。後ろの扉から、わずかに隙間風も入ってくる。だから、なぜそんなことが起きるのかは見当もつかない。でも、ときどきある。トラックの中で全員が死ぬことが。窒息《ちっそく》して。気づいた運転手は、彼らを道端に置き去りにする。

眠るのは、もう少し待とう。

到着するまで。最後にもう一度、降ろされるまで。

アリソンは僕を頼りにしている。

十二日前

いよいよ最後の旅。これが終われば着く。アリソンの従弟《いとこ》も、こうやって渡った。毎日バルト海を横断して、ある港で降ろされ、空《から》になって戻ってくるコンテナに入れられて。僕たちをそうしたコンテナに詰めこみ、闇にまぎれて、グダニスクの港湾地域で身元証明書を持たない七十三人を手引きすることは、密航組織にとっては世界一たやすいことのようだ。

それなのに、最終行程の料金は最も高い。ひとり当たり二千ドル。ニアメで貯めた金のほぼ半分。理由はわからない。理解できるようなことではないから。もう少しで夢が叶いそうな者に対して、密航業者は言い値を吹っかけることができるにちがいない。

港では、コンテナの中で二日間待った。いまと同じくらい、隙間がなかった――ほとんど互いに重なりあって座り、夜は重なりあって横になった。砂漠を横断したピックアップ・トラックの荷台、地中海を渡った漁船、そしてヨーロッパを北上するトラックの後部と同じくらい、ぎゅうぎゅう詰めで。クレーンで宙に吊り上げられ、船に下ろされるのは、わくわくすると同時に辛《つら》くもあった。煙を吐き出し、うなりを立てて、エンジンがゆっくり動き出すと、僕たちはまたしても声をあげて笑った。まわりにどう思われようと気にせずに。やさしい気持ちになれるような笑い。

そんな気分のまま、バルト海の半分まで来た。

アリソンの手を握って。

これ以上の幸せはないと感じて。

たぶん、コンテナの扉を外側から閉めた男の言うとおりだ。男は僕たちを見て、こうささやいた――二日後にはスウェーデンに着く。そうすりゃ新しい人生が始まるさ。

アンデシュ・ルースルンド、シリーズ内のシリーズの途上——始まりから終わり、ふたたび始まりへ

つい最近のこと、ある段ボール箱を開けるなり、私は二十年前に引き戻された。当時の犯罪小説の世界に。

息子ふたりが家を出ることになり、使えそうな箱を探していて、収納スペースのいちばん奥に見つけた。中身を空ければ大丈夫だろう。そう思って開けてみると、そこには最初の本を出版する前、小説家になる夢が叶う前に集めた新聞記事が入っていた。そして底のほうの、執筆のハウツー本や辞書の下から、スウェーデンの全国紙に折りこまれていた付録を見つけた。それは一九九八年発行の当時のスウェーデン文学の概説で、出版社や次世代を担《にな》う作家が記されていた。ゴミ箱に捨てようとしたとき、ふと裏表紙に目が留まった。何やら本のリスト——その月のスウェーデンのベストセラーだった。それを見て驚いた。スウェーデンの犯罪小説はおろか、北欧のノワール小説が一冊もなかったからだ。歴史小

説、ロマンス小説、現代文学、風刺小説はある。推理小説は二冊だけ——一冊はイギリス、もう一冊はアメリカ。ほんの二十年前は、そんな状況だった。私はすっかり忘れていた——いまでは毎月、ベストセラーの少なくとも半分はスウェーデンの犯罪小説だ。

二十年前のスウェーデン（北欧）の犯罪小説は、マンネリ化のせいで衰退の一途をたどっていた。

犯人捜しの探偵もの《フーダニット》ばかりが、手を替え品を替え書かれていたのだ。

そうした王道の手法のみに頼る状態が続いていれば（よいか悪いかという問題ではなく、とにかくそれしか出版されていなかった）、スウェーデンをはじめ、世界各国のベストセラー・リストは現在でも、段ボール箱の底にあった新聞とまったく変わっていなかっただろう。北欧ミステリは存在さえしていなかったにちがいない。ところが、ちょうどそのころに風向きが変わる。一部の作家がルールを書き換え、新たなジャンルに命を吹きこんだ。ルースルンド&ヘルストレムがその一翼を担《にな》ったことを心から誇りに思う。

ベリエにはじめて会った当時、私はスウェーデン・テレビの新しいニュース番組の立ち上げに関わっており、番組名は『Kulturnyheterna（文化ニュース）』に決まった。そして、有能ですばらしい編集チームとともに番組を制作するに際して、私がルースルンド&ヘルストレムの作品で採用したのと同じ出発点から始めた。番組の目標は、新たな方法で表現される、新たな分野の新たな内容を取り上げることだった。既存のものを盗用すれば、すぐに中止に追いこまれる。それはルースルンド&ヘルストレムの作品も同じだった。多くの人に本を買ってもらい、読んでもらうためには、誰も書いたことのない新たなものを加える必要がある。同じことを繰りかえしていては、すぐに忘れられてしまうだろう。

長いあいだ、私はこのジャンルに対して先入観を抱いていた。スウェーデンの犯罪小説は、幅広い読者層を取り戻さなければならなかった。われわれの本では、〝誰〟だけでなく、〝何〟〝どうやって〟〝なぜ〟、さらにスリラーの〝いつ〟もつけ加えよう。そう考えたのは、個人としてもジャーナリストとしても、暴力の背後にある原動力を理解し、描こうとしてきた私が、犯罪者の更生を目的として新たに設立された非営利団体〈KRIS〉の設立者のひとりと出会ったときだった。ベリエと私は、人間としてだけでなく作家として意気投合し、私の導入する枠組みに基づいて書くことになった。

半分をフィクション、半分を事実にする——読者を楽しませると同時に、自分たちはよく知っているが、それ以外の人にはほとんどなじみのない世界について考えてもらう。

作品はアンサンブルとする——頻繁《ひんぱん》に視点を変え、第一章から最後まで、ひとりの刑事にストーリーを進めさせることはしない。犯罪者についても、捜査する人間と同じくらいその動機を明確に描く。

したがって、警部（立場的にはナンバーツー）のほかに、毎回、第二の主人公を登場させる。この事実上の主人公は被害者もしくは加害者（しばしば両方）で、この人物の世界を中心に物語が展開する。

社会批判として機能する小説の力を利用する。わが国では思いもよらぬ理由で無意味に終わる批判として——小説は、いわば机の上に置かれた手つかずの道具であり、われわれは、何人かの同志とともに、それを手にできることに感謝の念を抱いた。犯罪小説は最上のエンターテインメントであると同時に、社会の鏡でもある。

コンビを組んで、犯罪小説の共同執筆を始めた当時は、そうした形式は他にはなく、出版社には見向きもされなかった。おかげで、ふたりのファーストネームを取り去って——アンデシュもベリエも省いて——ペンネームにしようと提案すると、スウェーデン最大のオンライン書店から無理だと説明された。彼らのコンピューターのシステムでは、〝&〟でつながれたふたつの姓は管理できないからという理由で。そんなわけでデビュー作の『制裁』では、〝ルースルンド&ヘルストレム〟は〝アンデシュ・ルースルンド・ベリエ・ヘルストレム〟と、まるでひとりの名前のようにされてしまった。その後、同書が批評家からも読者からも絶大な支持を得て、「ガラスの鍵」賞（最優秀北欧犯罪小説賞）を受賞すると、オンライン書店は次の作品でふたりの名前を掲載する手段を見つけた。いまでは、この分野で多くの作家が共同執筆で活躍しており、ノルウェーやデンマークの記者から、どのようにしてスカンジナビア全体の作家を触発したのかと尋ねられることも多い。非常に喜ばしいことだ。ルースルンド＆ヘルストレムという流行からかけ離れたふたりが、ついに流行をつくり上げたと思うと感慨深い。

何より大事なのは、楽しめることだ。

一にストーリー、二にストーリー、三、四がなくて五にストーリー。

だが、事実とフィクションを半分ずつという構想は崩さなかった。

われわれは筆の赴くままに書いた。にもかかわらず、ときどき何かが足りない気がした――われらの警部が自然な、もしくは理にかなった形で関わることのない世界を描く方法が（もちろん、われわれには警部が生きているように思えるとはいえ、あくまでフィクションとしての話だ）。ちょうどそのころ、ある親しい友人から、奇妙な情報を聞きつけたとの連絡があった。スウェーデン警察が、禁じられているにもかかわらず、犯罪者を潜入捜査員として利用しているらしいというのだ。その件についてルースルンド＆ヘルストレムで調査して、それをテーマに書いてみてはどうかと。その日の午後には、エーヴェルト・グレーンスには無理のある、広大な活動範囲を持つホフマンという登場人物を考えた。ホフマンはピート・ホフマンとなり、彼はすぐにソフィア、ヒューゴー、ラスムスを連れてきて、新たな架空の四人家族ができた。

こうしてわずかに調整した設定によって、現代犯罪と、その根源であるふたつの権力——警察と犯罪世界——を描いた小説『三秒間の死角』が完成した。警察が犯罪者を潜入捜査員や情報提供者として利用している実態。この協力関係は長いあいだ否定されてきたが、犯罪者は犯罪者にしか演じられず、彼らは服役中にスウェーデン警察に採用された。彼らの正体を隠し、信用できる経歴を与えるために、警察は正式な記録を改竄《かいざん》した。同じ警察本部の廊下で入り混じる嘘と真実。法の支配に不可欠な情報の偽装は常套手段となり、潜入捜査員は現代の無法者となった。正体が暴かれれば、警察は容赦なく見捨てる。上層部は保身に走るばかりで部下を顧みず、見て見ぬふりをすることによって、犯罪組織に問題を解決させようとするのだ（すなわち潜入捜査員を殺させる）。本書を執筆するにあたり、われわれは潜入捜査員や警察官、長期収容囚人、そして刑務所の職員に話を聞いた。勇気ある彼らのおかげで、小説という形でピート・ホフマンをエーヴェルト・グレーンスに立ち向かわせる正当性が生まれた。そして、潜入捜査員や情報提供者の任務が、われわれが当然と見なす民主主義における正義の概念に疑問を投げかけている現状を描くことができた。それこそが長年、続いてきた仕組みである。そして——スウェーデン警察は否定しているものの——それは現在もなお続いている（まさに今朝《けさ》、私は、とある潜入捜査員と話をした）。なぜなら、スウェーデン警察は、世界各国の警察と同様、犯罪者の協力によって得る結果に頼りきっているからだ。それは許すべきことなのか、それとも許さざるべきことなのか。その答えは、読者ひとりひとりが決めなければならない。

六冊目の本が完成すると、われわれはコンビを解消することにした。私はベリエが大好きだし、ベリエは私が大好きだ。単なる友人以上の関係になった（ベリエは私の向かいに座り、じっと目を見つめたかと思うと、とつぜん立ち上がって、「そんなにじろじろ見るな、アンデシュ」と叫ぶほど）。互いに相手を知り尽くしている。だから、自分たちが違う方向へ向かいつつあることに気づいていた。私、アンデシュは、専業の作家になるという長年の夢を叶え、さらに書きたい話が山のようにあった。なにしろ、世界でもトップクラスの潜入捜査員であるピート・ホフマンがメンバーに加わり、彼がいなければ知ることのなかった場所や人のもとへと連れていってくれるのだ。一方でベリエには、ほかにやりたいことがあった。だから別れを告げた。泣いたり、名残を惜しんだりもせずに。ともに協力しあい、何年間もすばらしい時を過ごしたのだから。

その後、ふたたびすべてが変わった。私は本を一冊出し、さらに二冊の概要を考えた。ベリエは自分の心の声に従って進みつづけた。ところが、われわれが長年、信頼を得ようと努力してきたにもかかわらず、なしのつぶてだった、とある人物が、とつぜん態度を変えた。われわれに連絡してきたのだ。準備を整えて。麻薬カルテルの世界への扉が開き、われわれは考え直した。そしてもう一度、共同執筆をしようと決めた。『三分間の空隙』——まさに最初の日から調べて話しあってきたものの、断念したテーマだ。どうやってそんなテーマを取り上げられるというのだろう？　なぜなら——それまでの六冊では、一見スリラーの体裁をとりながらも、人身売買、性犯罪、若者のギャングなど、さまざまな種類の犯罪の因果関係を描写しようと試みた。そして、いま起きている犯罪を調査しようとすれば、遅かれ早かれ、その源《みなもと》を突き止めなければならない。それを助長した原因。その影響。あるいは、エーヴェルト・グレーンス警部が上司に食ってかかるとおりだ——麻薬はな、あらゆる犯罪の、俺たちの仕事すべての原動力だ。ウィルソン、麻薬は犯罪の原動力であるだけじゃない。社会全体を動かす力でもある！　そう考えると、みんな本気でこれを終わらせたいのかどうか、怪しいところじゃないか？　こんなにもたくさんの人間が、麻薬のもたらす影響のおかげで食ってるんだ。

エーヴェルト・グレーンスがいる。ピート・ホフマンがいる。そこに本物の情報源が加わった。これらは皆、犯罪の本質に迫るための小説上のチケットであり、実際のチケットでもあった。そもそも、すべての出発点は犯罪だった——最初は私を、続いてルースルンド&ヘルストレムを、そして読者を痛ましい旅へと連れ出し、その過程で全員の知識を広げたはずだ。

私は、その人物とともに麻薬カルテルの中心部へと旅をした。想像もできなかった旅。ジャーナリストとしても作家としても、過去に殺害の脅迫を受けたことはあった。数々の大きなニュースを手がけた放送記者だった私のもとに、即決処刑の脅迫状が舞いこんだのだ。おかげで当時は、長期間にわたってホテルを転々とし、住所を偽って暮らし、自宅のリビングに武装したボディガードがいる毎日を強いられた。にもかかわらず、利益の妨げとなれば命が無意味である異様な世界に足を踏み入れたときほど、恐怖を味わったことはなかった。そして南米から戻ると、ルースルンド&ヘルストレムは、スウェーデンを外の世界につなぐ、クングスホルメンの警察本部をコカインが抽出《ちゅうしゅつ》される密林の小屋につなぐ犯罪小説を完成させた。

最初から目指していた本を書き終えたのだ。そして、無事にふたたび別々の道を歩むことができた。今度こそ。ベリエが病に倒れるずっと前の話だ。彼がこの世にいない今となっては、自分たちの意思で別れを告げられたことに満足している――いまいましい死に引き裂かれるのではなくて。

ふたりでコンビを解消すると決意してから、私は慣れ親しんだ登場人物たちにお出まし願って次の作品に取りかかった。彼らにはまだ語るべき物語があったからだ。そして『*Tre Timmer*（三時間）』というタイトルをつけた。皆さんがいま手にしている本書である。スウェーデン人の警部には無縁の世界へわれわれを連れていってくれる潜入捜査員が活躍する、シリーズ内のシリーズ第三作。ピート・ホフマンがエーヴェルト・グレーンスに相対する三冊目。ふたりの道が新たな理由でふたたび交わる。第一作『三秒間の死角』（原題 *Tre Sekunder*〔三秒間〕）では、ふたりが対峙《たいじ》することはない。刑務所での人質事件の最中に、電話越しに意味のない会話を交わしただけだった――〝あと三分で殺す〟

〝なにが望みだ？〟　〝あと三分で殺す〟　〝もう一度聞く……なにが望みなんだ？〟　〝俺は、殺す〟。二作目の『三分間の空隙《くうげき》』（原題 *Tre Minuter*〔三分間〕）ではボゴタに舞台を移し、ふたりは同じくらい特殊な状況で顔を合わせるが、もはや二本の急行列車は正面衝突へと向かってはいなかった。ホフマンはグレーンスの力を必要としており、彼らは互いに戦うのではなく、ともに戦った。本書は、その逆だ。今度は、二度と会わないと約束したにもかかわらず、グレーンスがホフマンを捜し出す。グレーンスが答えを求めている。そして、その答えが正しければ、エーヴェルト・グレーンスがピート・ホフマンの力を必要とする。なおかつ——言うまでもなく、ふたりはまた出会うだろう。別の理由で。別の冒険をともにするべく。タイトル？　二語から成る。最初の語は、おそらくすでに想像がついているはずだ。

ストックホルム　二〇一八年春
アンデシュ・ルースルンド

著者より

心からの感謝を次の方々へ

このうえなく勇敢で強いSとMとLとR。

それから

千枚通しの残す血痕《けっこん》が驚くほど少量であることをはじめ、ほかの注目すべき医学的な疑問について専門知識を授けてくれたラッセ・ラーゲルグレン。倉庫の爆破方法や金庫の解錠方法など、きみしか知りえないことを教えてくれたカッレ・トゥンベリ。私よりもはるかに上手にアラビア語とフランス語を話すマルタ・クレーヴェマン。地下水中のフッ素など、エーヴェルト・グレーンスに助けが必要なときに、いつでも歯に関するあらゆることを教えてくれたミヒャエル・エルマン。寛大な心、創造力、そして平たく言えば、ほかの誰とも異なる頭脳の持ち主であるステファン・トゥンベリ。

執筆のあいだ、ずっとそばで支えてくれたフィーア・ルースルンド。よきアドバイスをくれたニクラス・ブレイマル、エヴァ・エイマン、ダニエル・マッティソン、ミカエル・ニーマン、エーミル・エイマン＝ルースルンド。すばらしい表紙を描いてくれたエリック・トゥーンフォシュ。校正に精を出してくれたイェスタ・スヴェンとアストリッド・シヴァンデル。

必要なときには温かく見守り、助言をしてくれたマティアス・ブーストレム、シェリー・フッセル、ラッセ・イェクセル、マデレーン・ラーヴァス、クリスティーナ・キーヴィ、アンデシュ・オーロフソン、アンナ・カーリン・シグリング、アン＝マリー・スカルプ、ロッティス・ヴァールー。

いつどこでも、豊富な知識で対応してくれた〈サロモンソン・エージェンシー〉。

多くの時間を割《さ》いて、鋭い指摘をしてくれた編集者のアンナ・ヒルヴィ・シグルドソン。

エージェントのトール・ヨナソン。

同じくエージェントのニクラス・サロモンソン。

出版社のソフィア・ブラッツェリウス・トゥーンフォシュ社長に心から感謝します。

解　説

ミステリ書評家
若林　踏

最初に断言してしまおう。

本書『三時間の導線』は、これまで邦訳された〈グレーンス警部〉シリーズの中でも最高傑作に位置づけられる作品だ。あっと驚く真相が待つ本格謎解き小説としての巧みさ。手に汗握る冒険アクション小説としての熱量。高度に発達した福祉国家スウェーデンの暗部を描く告発小説としての凄《すご》み。どこを取っても一級品で、既訳作の水準を凌駕《りょうが》する。加えて北欧犯罪小説史上に輝く異色の刑事キャラクター、エーヴェルト・グレーンス警部が新たな魅力を開花させる物語でもある。本書はあらゆる意味でシリーズ集大成の風格を備えているのだ。

『三時間の導線』はスウェーデンの作家コンビ、アンデシュ・ルースルンド＆ベリエ・ヘルストレムが生み出した〈グレーンス警部〉シリーズの第八作であり、ルースルンド単独の名義で書かれた最初の作品である。残念なことにベリエ・ヘルストレムは二〇一七年に癌《がん》でこの世を去っており、本書の冒頭ではヘルストレムに献辞が捧げられている。

物語はストックホルム市警のエーヴェルト・グレーンス警部が、上司のエリック・ウィルソンの無線連絡を受け取るところからはじまる。ウィルソンはグレーンス警部にストックホルム南病院に向かってほしいと告げる。その病院内にある遺体安置所で奇妙な事件が発生したのだ。解剖技術者が出勤すると、二十二体あったはずの遺体が二十三体になっている。知らないうちに死体が一体、増えていたというのだ。増えた死体は三十歳前後の男性で、死亡診断書も記録もいっさいなく、身元も経歴もわからない。外見的には暴力を受けた痕跡がない、健康そうな男性の死体に向かってグレーンスは心の中で問いかける。おまえは誰だ？　なぜ死んだ？　どうやってここまで来たんだ？

間もなく遺体は警察の検死にまわされるが、出身地がアフリカであることが判明した以外は、身元を特定する手掛かりがつかめない。グレーンスの二人の部下、マリアナ・ヘルマンソンとスヴェン・スンドクヴィストが国内外の指名手配リストで該当者を調べても、一致するものが出てこない。さらに追い打ちをかけるように、鑑識から奇妙な点がグレーンスに報告される。男性の遺体から粉末消火器の主成分であるリン酸アンモニウムが広範囲にわたって検出されたのだ。ところが遺体には火傷《やけど》はおろか、火に近づいたことを示す形跡はいっさい残されていない。火に近づいてすらいないはずの死体に、一体なぜリン酸アンモニウムが付着していたのか。

ここまでわずか四十頁。どうだろう、この冒頭からの謎の釣瓶《つるべ》打ちは。米国の刑務所内で死んだはずの男がスウェーデン内に現われる第三作『死刑囚』など、これまでも〈グレーンス警部〉シリーズでは本格謎解きファンが思わず歓喜するような謎を用意して読者を惹《ひ》きつけてきた。本書はその傾向にさらに拍車がかかり、物語の序盤から謎解き小説のアクセルを全開にして突き進んでいくのである。そのスピード感と迫力たるや、並みのものではない。エーヴェルト・グレーンス警部が鬼気迫る勢いで事件を追えば追うほど謎は増殖し、不気味な広がりを見せていく。やがて彼は、スウェーデン国内を震撼《しんかん》させるようなむごたらしい大事件へと遭遇するのだった。

第一部で描かれる謎解き場面だけでもう大満足のひとことだが、第二部以降はさらにすさまじい。そこでは主に三つの要素がキーワードとなって、本書を傑作たらしめている。では、その三つの要素とは何か。

一つ目は、緊迫感に溢れた大アクションである。『三時間の導線』は、第五作『三秒間の死角』、第七作『三分間の空隙《くうげき》』と、シリーズ内シリーズというべき作品群の三作目に当たる。『三秒間の死角』『三分間の空隙』でアンデシュ・ルースルンド&ベリエ・ヘルストレムが目指したのは、アクションの要素を前面に打ち出すことだった。もともと彼らの作品にはスウェーデンが抱え込む現実の社会問題を俎上《そじょう》に載せながらも、魅力的な謎とスリラーの骨法を活かし、社会派と娯楽を絶妙なバランスで成り立たせる特徴があった。『三秒間の死角』『三分間の空隙』では、さらに娯楽小説としての充実感をアップさせるために、ルースルンド&ヘルストレムのコンビはアクションの要素をふんだんに取り入れる方向に舵を切ったのである。それもただのアクションではない。『三秒間の死角』では厳重な警戒網が張りめぐらされた刑務所、『三分間の空隙』では麻薬犯罪ゲリラ組織が巣食う南米コロンビアのジャングルを舞台に、極限状況に追い込まれた人間が知力と体力の限りを尽くし、命を賭した大勝負に出る、途方もなくスケールの大きい冒険物語である。これまで謎解きやサスペンスの要素に着目されてきた作家コンビが、血湧き肉躍る冒険小説の書き手としても大変に優れた素質を持っていたことを、この二作は見事に証明したのだ。

『三時間の導線』にも『三秒間』『三時間』で発揮された冒険アクションの要素は継承されている。どのようなアクションが展開するのか、具体的なことはもちろん伏せておこう。少しだけ触れておくと、これまで以上に人物同士の腹の探り合い、心理戦のテイストが加味されており、それを下地にした限定状況下でのアクションが続々と登場する。人によってはスパイ小説のような興趣をそこに感じ取ることもできるだろう。特に後半では、ページをめくるごとに緊張を煽《あお》るような趣向も凝らされており、徹底して読者をはらはらさせる工夫が作品のそこかしこに見えるのだ。

二つ目は、シリーズ中これまでにない犯罪者像を描いた小説であるということ。この解説でも何度か触れているが、〈グレーンス警部〉シリーズは元来、日常生活では決して表面化することのない、しかしアンダーグラウンドには確かに存在する社会の闇を描いていく趣向を備えていた。たとえば第三作『死刑囚』では死刑制度、第四作『地下道の少女』ではストリートチルドレン、第五作『三秒間の死角』では刑務所制度、といずれも個人の力ではどうすることもできないような社会の問題を取り上げ、読者の前に提示してみせるのである。ルースルンド＆ヘルストレムにとって犯罪とは隠れた問題が垣間見える社会の裂け目なのだ。本書にまさしく作者の思いを代弁したようなエーヴェルト・グレーンス警部の台詞《せりふ》があるので少し引用しよう。

「地下数メートルまで潜らないと悪臭はわからない。なかにはうまくごまかせない、隠せない場所もあって、地上で感じる場合もある。だが、どこにいようと悪臭は悪臭だ」

本書『三時間の導線』も、グレーンスがいうところの「地下数メートルまで潜らない」

とわからない「悪臭」の正体に迫る小説である。ただし、本書で読者の心を揺さぶるのは裂け目を通して向こう側に見える人間の姿ではないだろうか。それはおそらく現代北欧ミステリはおろか、世界の犯罪小説史上でも描かれることのなかった人間像と言ってもいいだろう。社会のアンダーグラウンドまで限りなく迫り、目をそむけたくなるような現実からも逃げずに捉え続けた作家だからこそ描けるものが、確かにあることを痛感する部分でもある。

そして三つ目が、エーヴェルト・グレーンスという主人公の軌跡を描いた小説であること。グレーンスは経験豊かなベテラン刑事である一方、常に苛立ちとともに生きているような男で、腹心の部下である二人の警部補、マリアナ・ヘルマンソンとスヴェン・スンドクヴィスト以外には心を開くことがない。グレーンスは事件を追う役まわりを背負いながら、物語にカタルシスをもたらすヒーローのようには、ちょっと見えなかった。その点がジョー・ネスボのハリー・ホーレや、ヘニング・マンケルのクルト・ヴァランダーといった、他の北欧警察小説の主人公たちとはまったく異なる独自の立ち位置を築くことにつながったのだ。

そのエーヴェルト・グレーンスに変化の兆しが表われたのが『三秒間の死角』と『三分間の空隙』である。グレーンスは奇妙な縁によって事件へ関与し、事態の収拾に奔走する姿を見せるようになったのだ。ここでようやく読者は頑《かたく》なな男の奥底に潜む、熱い感情に触れたというべきか。そのグレーンスがさらに自分をさらけ出し、これまで以上の大活躍を見せるのが本書『三時間の導線』なのだ。本書でのグレーンスは作中で発覚した出来事に対し、自らの意志を奮い立たせて行動に出る。『三秒間の死角』『三分間の空隙』での経験が彼に変化をもたらし、ついには積極的に動きまわるヒーローとしての顔を与えるようになったのだ。加えて本書でグレーンスは、これまでの邦訳作では決して見せることのなかった様々な感情を表わすようになる。苛立ちが唯一の友だった男が、その下に隠していた多種多様な顔を見せてくれるのだ。特に第四部以降におけるグレーンスの感情の変化には、読者は絶えず揺さぶられ続けるに違いない。

　解説の冒頭でシリーズの集大成などと書いたが、実は〈グレーンス警部〉シリーズは本書の後も続いており、二〇二一年三月時点において***Jamåhonleva Sovsågott***が刊行されている。***Jamåhonleva Sovsågott***には「The Nameless Girls Diptych」というシリーズ名が付いており、『三秒間の死角』『三分間の空隙』『三時間の導線』に続く、新たなシリーズ内シリーズとして構想された作品のようだ。ともかく『三時間の導線』においてこれだけ隙のない傑作を書いていただけに、その後の作品はどれだけの完成度になるのか、楽しみでしかたがない。そして本書で新たな姿を見せてくれたエーヴェルト・グレーンスがまたどのような表情で登場するのか、興味はますます尽きない。

二〇二一年四月

熊と踊れ（上・下）

Björndansen

アンデシュ・ルースルンド＆
ステファン・トゥンベリ
ヘレンハルメ美穂＆羽根由訳

壮絶な環境で生まれ育ったレオたち三人の兄弟。友人らと手を組み、軍の倉庫から大量の銃を盗み出した彼らは、前代未聞の連続強盗計画を決行する。市警のブロンクス警部は事件解決に執念を燃やすが……。はたして勝つのは兄弟か、警察か。北欧を舞台に〝家族〟と〝暴力〟を描き切った迫真の傑作。解説／深緑野分

ハヤカワ文庫

〈訳者略歴〉
清水由貴子　上智大学外国語学部卒，英語・イタリア語翻訳家　訳書『パードレはそこにいる』ダツィエーリ，『六人目の少女』カッリージ（以上早川書房刊）他多数
喜多代恵理子　早稲田大学第一文学部卒，スウェーデン語翻訳家　訳書『わたしも水着をきてみたい』ストルク他

HM=Hayakawa Mystery
SF=Science Fiction
JA=Japanese Author
NV=Novel
NF=Nonfiction
FT=Fantasy

三《さん》時《じ》間《かん》の導線《どうせん》
〔下〕

〈HM㊴-12〉

二〇二二年五月十日　印刷
二〇二二年五月十五日　発行
（定価はカバーに表示してあります）

著者　アンデシュ・ルースルンド
訳者　清《し》水《みず》由《ゆ》貴《き》子《こ》
　　　喜《き》多《た》代《だい》恵《え》理《り》子《こ》
発行者　早川　浩
発行所　株式会社　早川書房
郵便番号　一〇一‐〇〇四六
東京都千代田区神田多町二ノ二
電話　〇三‐三二五二‐三一一一
振替　〇〇一六〇‐三‐四七七九九
https://www.hayakawa-online.co.jp
乱丁・落丁本は小社制作部宛お送り下さい。
送料小社負担にてお取りかえいたします。

印刷・三松堂株式会社　製本・株式会社フォーネット社
Printed and bound in Japan
ISBN978-4-15-182162-2 C0197

本書は活字が大きく読みやすい〈トールサイズ〉です。